COLLECTION FOLIO

Marthe et Philippe Delerm

Le miroir de ma mère

Gallimard

Philippe Delerm est né le 27 novembre 1950 à Auvers-sur-Oise. Ses parents étaient instituteurs et il a passé son enfance dans des « maisons d'école » à Auvers, à Louveciennes, à Saint-Germain.

Après des études de lettres, il enseigne en Normandie où il vit depuis 1975. Il a reçu le prix Alain-Fournier 1990 pour *Autumn* (Folio n° 3166), le prix Grandgousier 1997 pour *La Première Gorgée de bière et autres plaisirs minuscules*, le prix des Libraires 1997 et le prix national des Bibliothécaires 1997 pour *Sundborn ou les jours de lumière* (Folio n° 3041).

Marthe Delerm est née le 1er juillet 1914 à Gandalou (Tarn-et-Garonne) et a passé toute son enfance à Malause, près de Moissac. Issue d'une famille paysanne de six enfants, elle fit ses études secondaires à l'École primaire de Castelsarrasin. Après son mariage avec Adrien Delerm, comme elle originaire d'une famille paysanne du Tarn-et-Garonne, ils furent tous deux nommés en Île-de-France, où ils exercèrent avec passion leur métier d'instituteurs. Ils eurent quatre enfants, Jean-Claude, Simone, Michèle et Philippe. Ils revinrent ensuite passer l'essentiel de leur retraite à Malause.

À Emmanuel, Olivier,
François, Claire, Vincent.

À Brétounel et à Gandalou.

Écrire un livre sur ma mère. Écrire un peu pour elle, puisque j'écris par elle ; l'idée me poursuivait depuis longtemps. Mais c'est un genre difficile, aux références prestigieuses, d'emblée décourageantes. Pour le quotidien, la tendresse, les instants arrêtés, pour le style surtout, Colette puis Albert Cohen ont mis très haut la barre. *Sido, Le Livre de ma mère* sont des livres déchirants : l'amour y est enclos dans la nostalgie, le remords ; leur écriture prend la forme d'une rédemption. Comment sans se brûler raviver la flamme de l'enfance ? Quel courage il y faut, lorsque celle qui vous faisait le jour est partie de l'autre côté ! Quelle tristesse longue doit coûter cette lumière retrouvée !

Mais c'est la beauté du remords. Trop tard est bouleversant ; c'est trop tard, cependant, même sur le chemin des mots. C'est ce qui m'a guidé vers autre chose. « Vouloir sa mère, c'est vouloir son enfance », a dit Cohen. J'ai souhaité qu'il ait un peu tort. J'ai rêvé que mon livre sur Maman soit autre chose que mon enfance ; que s'y profile aussi quelqu'un de bien avant, quelqu'un de tout ce temps d'avant que je ne pouvais posséder — que ce soit un livre *avec* elle. Un jour je lui ai demandé d'écrire ses souvenirs, depuis l'enfance jusqu'au jour où je suis né. Après une vie si pleine, elle en avait désormais le loisir, jusqu'à l'ennui, parfois, et la mélancolie. Elle avait le talent... L'idée que ses petits-enfants pourraient y découvrir le reflet dessiné d'une autre époque l'a menée au bout du cahier de mémoire.

Ainsi est née l'idée de ce livre à deux voix. Elle a dit son enfance d'Aquitaine, et puis sa vie de jeune institutrice en Île-de-France : de 1914 à 1950, trente-six années que je savais par bribes, mais bien abstraitement, sans ces couleurs, sans ces parfums, ces îlots de temps arrêtés que l'écriture a retrouvés. Moi, j'ai écrit comme en miroir. Parfois ce qu'elle disait me donnait envie de prolonger le pays d'avant qu'elle m'ouvrait. Souvent, cela me réveillait des souvenirs d'enfance, et plus souvent encore l'envie de me plonger entre deux eaux, de rapprocher des images lointaines. La petite fille qu'elle était, l'adolescente, la jeune femme rencontrent ainsi sur des chemins magiques d'encre bleue la maman qui m'a fait le monde. Tableaux superposés, lumières confondues ; avec des mots, le vide doucement peut se changer en transparence — il peut n'être jamais trop tard.

"J'appartiens à un pays que j'ai quitté"
écrit Colette. Je suis née dans un pays où je suis revenue. De 20 à 58 ans j'ai vécu ailleurs, dans la superbe banlieue-ouest de Paris. J'y ai partagé la vie familiale avec tout ce qu'elle comporte. J'y ai connu la vie professionnelle d'enseignante marquée par la foi et l'enthousiasme. Elle sembla donc bonne même si elle ne le fut pas toujours.

Pourquoi revenir ? - J'ai écrit quelque part : "entre l'école maternelle et l'école élémentaire pourquoi toujours vouloir relier ?" Quand un fil est coupé, les nœuds ne refont pas un fil neuf.

Voulais-je donc refaire un impossible fil avec ma lointaine enfance ?

C'était beaucoup plus simple, plus imposé par les circonstances. Je voulais que notre bonne maman qui s'était tardivement exilée près de nous, vienne paisiblement finir ses jours dans sa maison, dans sa chambre qu'elle aimait comme un havre de paix au milieu d'une vie tourmentée.

C'est donc dans ce havre qu'elle a fermé les yeux à tout jamais, dans le lit même où elle naquit, ainsi qu'elle le souhaitait.
Dans la même époque mon mari prit sa retraite après les événements de Mai 1968.

A son activité professionnelle intense, déraisonnable presque, il fallait en échange une maison, un jardin. "Malause" y pourvut.

Quand vint ma propre retraite, je redécouvris ainsi le chemin de mon enfance.

Je pensais y retrouver des amis. Or, beaucoup étaient partis, d'autres avaient changé, moi aussi sûrement en 38 ans d'absence!... Les lieux aimés avaient changé aussi

Le bac du vieux passeur sur la Garonne avait fait place au grand pont neuf en amont du barrage qui alimente la Centrale de Golfech. La beauté sauvage du paysage avait cédé la place à la nécessaire modernisation. Les larges plages de galets n'existaient plus, au bord desquelles des générations avaient appris à nager dans l'eau transparente.

Au village, les petits écoliers avaient abandonné la vieille école pour un bâtiment neuf beaucoup trop grand pour eux : ils s'y perdent au lieu de s'y blottir ; ils cherchent au lieu d'aimer, ils suivent l'implacable mouvement...

Les conversations furtives à l'épicerie devenue "libre-service" disparues aussi avec la bonne odeur du café grillé sur place par Grand'mère Jolly. Dans son épicerie je choisissais, lorsque j'avais huit ans, ces petites bouchées de chocolat fourrées de crème blanche, rose ou verte, payées avec des sous de bronze. J'achetais, avec plus de soin encore, quelques mètres de ce petit ruban bon marché qu'on appelait « faveur ». Oh ! repartir avec ce mélange coloré de faveurs pour attacher les cheveux de nos poupées qui n'étaient que des épis de maïs frais !

Tout près, dans la campagne, notre jolie Saudèze défigurée également depuis que les moulins ne règlent plus son cours.

Sous son joli petit pont, plus de sable, plus de ces fleurs violettes, longues labiées sans feuilles, à moitié enfouies dans le sable, que j'aimais, que j'aime encore. Leur nom ? je ne l'ai jamais su et peu importe, elles sont mortes...

Plus de lavoir non plus où il faisait si bon, pieds nus dans l'eau, "éclaircir" la lessive quand elle avait bouilli à la maison avec la cendre et le laurier.

"Rincer", cela vous écrase le linge. "Eclaircir", c'était bien autre chose ce balancement du linge au fil du courant...

« Éclaircir la lessive. » Éclaircir. Un joli mot qui me poursuit, pourquoi ? Quelque part dans l'encre bleue de mon stylo, je crois sentir cette idée d'eau courante, de linge propre, cette fraîcheur. Au meilleur de moi, cette sensualité pure de lavoir poursuit son cours, et cet écoulement me mène, au fil des pages.

Laver, les mains dans l'eau, je crois qu'elle a toujours aimé. Plus tard, je la soupçonne d'avoir accueilli avec volupté dans la blancheur de son évier tout ce qui ne pouvait « passer à la machine », d'en avoir rajouté. Il y a des laveuses de l'incolore, en quête d'une perfection diaphane. Il y a des laveuses de volupté. Celles-là rêvent en secret de transparence ; celles-ci s'en tiennent à l'éclaircissement. Abolir les taches, ou bien les effacer : dans ce choix ménager se cache une disposition de l'âme.

Les mains dans l'eau, sur le bleu pâle, sur le blanc des chemises, des corsages, les mains dans la lourdeur du linge pesant de tout son poids de gestes ensilencés. Propre, c'est un peu le contraire de neuf : le linge torsadé dans un bac d'émail bleu, c'est le courage chaque jour recommencé, une clarté nouvelle à chaque fois, une chance fraîche et le passé par en dessous, juste un peu plus léger sur le col rêche.

Aujourd'hui, il fait chaud sur Malause, en plein mois d'août. Au moment du café, Claire s'approche d'elle par-derrière, lui fait un collier de bras et demande :

— Grand-mère, après le goûter, tu nous emmèneras au petit lavoir ?

Avec Vincent et Claire elle ira en secret, en récompense. Elle y allait il y a dix ans avec Emmanuel et Olivier, il y a cinq ans avec François. Maintenant, les plus petits grandissent, mais veulent garder dans l'été ce rite au milieu de l'après-midi, contre la chaleur immobile.

Au lavoir, plus personne ne lave plus, mais dansent toujours follement des taches de lumière éclaboussant le mur du fond ; des taches de soleil et d'eau fuyantes et prisonnières. Vincent fait naviguer des bateaux de papier, Claire demande :

— Grand-mère, raconte quand tu étais petite !

Elle parle doucement et puis peu à peu ils se taisent, et c'est, mieux qu'à la messe, un instant clair, sacré, une bulle parfaite de silence. Elle se penche vers eux. Le temps d'avant avait même fraîcheur, et rien ne saurait l'effacer. Mais le temps d'aujourd'hui, c'est elle qui l'éclaire, pardon, qui l'éclaircit.

— Six heures, il faut rentrer, ma soupe ne sera jamais cuite.

Qu'allais-je donc retrouver dans ma campagne, dans ma vieille maison ? – Des souvenirs de la petite fille que je fus.

De ce temps qui précéda mes douze ans me vient certainement le goût d'aimer la beauté pure et évidente de la nature. Celui aussi d'aimer les objets familiers. La pendule dont le tic-tac régla autrefois mes premières années, règle aujourd'hui le temps de ma retraite.

Il me semble que, dans la pauvreté, je fus une petite fille heureuse, grâce surtout à une maman qui savait nous aimer et nous inculquer, sans jamais le dire que l'amour est la plus grande richesse.

Je lui ai demandé son devoir de mémoire. Une tâche de plus, dans une vie si riche, et quelquefois si lourde. Comment a-t-elle pu rester si gaie, ouverte aux enfances nouvelles, à la couleur du jour ? La réponse est peut-être dans ces premières pages de souvenirs. Reconnaître le bonheur comme un don, même si l'on sait au fond de soi que c'est aussi une aptitude, comme l'écrivait Alain, dans une phrase qu'elle aimait à me répéter.

Elle a soixante-quinze ans aujourd'hui. Dès que nous nous retrouvons tous les deux, nous aimons faire un petit bilan sur la vie, qu'elle ponctue toujours en me disant :

— Nous avons tellement de chance !

J'aime lui entendre dire cette phrase, et j'aime ce talent qu'elle a de saluer l'ombre fragile du bonheur. C'est une sorte de prière en quelques mots. La vie rend malheureux, ceux qu'on aime s'en vont. Alors, quand ils sont encore là, qu'aucun cancer ne les poignarde, aucun éclair blanc d'accident, il faut nommer sa chance. J'ai gardé la leçon. Elle semble d'évidence, et cependant…

La proximité des grands-parents concourait à notre bonheur. Notre grand-mère paternelle vivait avec nous, dans une ambiance qui, quoique chacun semblât vivre sa propre vie, respirait le partage.

Elle savait à merveille faire des gâteaux feuilletés, des croustades aux pommes, "chauffer" le four pour la cuisson des pâtés ou le séchage des pruneaux.

Elle se prêtait à nos jeux d'enfants, nous conduisait à la Toussaint au cimetière de Goudourville où reposait son mari, un grand-père que nous n'avons pas connu.

A quinze kilomètres, au hameau de Gandalou, mes grands-parents maternels entretenaient une atmosphère très organisée où personne n'avait jamais dévié du droit chemin de la morale.

Grand-père Doustin fut un bon défenseur de l'école laïque ; sa fille aînée devint une des premières normaliennes issues de nos campagnes.

Sur ses traces je me suis préparée à devenir institutrice dans la première "École primaire supérieure" créée en France : Castelsarrasin devait bien cela au Sud-Ouest radical-socialiste où flottera toujours l'ombre des Templiers.

Nous allions souvent les voir. J'admirais chez eux le "vaisselier", habillé d'un torchon blanc, dans lequel la vaisselle séchait.

C'était une sorte de cage à claire-voie que je n'ai jamais revue ailleurs.

La grand'mère de Gandalou était d'une propreté méticuleuse.

Elle aimait beaucoup notre mère, la seule de ses filles qui, selon son goût, avait trop d'enfants : nous sommes six, bien partagés, trois filles d'abord, puis trois garçons.

Avant de mourir, cette grand'mère m'a donné la pièce de cinq francs en argent qui se trouve encore aujourd'hui sur l'un des meubles achetés en 1936.

Aucun de nos enfants, aucun de nos petits enfants, aucune femme de ménage, sans même que je le demande, ne l'a jamais changée de place. On ne dira jamais assez que le respect est davantage source d'attention que de contrainte.

On respectait tout dans notre famille, côté Coustin. Aussi tout chez eux me paraissait sacré, donc beau et c'était un peu vrai.

Les assiettes décorées qui s'alignaient sur les rayons extérieurs du buffet étaient pour moi objets de convoitise. J'aurais bien voulu manger dedans, mais on ne mangeait pas dans ces assiettes là ! Trois d'entre elles sont sur le mur de notre cuisine.

Au fond du jardin, un grand mimosa touffu embaumait au printemps. Trois ruches bourdonnantes y trouvaient une part de leur miel. Le grand-père nous en offrait un pot de temps en temps.

Lorsque j'étais pensionnaire, il m'apportait, le dimanche, pour mon goûter un petit sac d'amandes qu'il avait cassées préalablement.

Il était tout de bonté et de prévenances mais son empire sur nous était tel que nous osions à peine le remercier.

Quand ils venaient tous deux à Malause, ils apportaient toujours des gâteaux "Poult", sorte de biscuits à la cuillère confectionnés à Montauban. Ils choisissaient le paquetage rose, car cette couleur attestait ~~le~~ la qualité du produit. Les verts étaient moins bons, les jaunes médiocres. Les "Poult" étaient toujours accompagnés d'une "dame-jeanne" -(bouteille d'un litre et demi) de ce vin blanc dont Grand-père avait le secret de fabrication.

C'était une famille de traditions. Dans le respect de celles-ci, ~~leurs~~ quatre enfants avaient passé et obtenu le certificat d'études

A la maison de Brétounel je dois sans doute l'enthousiasme, le don trop facile, à celle de Gandalou la méthode, la rigueur morale.

Ces deux aspects ont fait bon ménage dans ma vie en dépit de leur contradiction apparente. J'ai souvent observé qu'ils surprenaient mes proches et les moins proches. Ils existent pourtant.

Brétounel, Gandalou : jolis noms de Garonne, ondoyants et légers, qu'il faut chanter de toutes leurs syllabes. Le côté de Brétounel et le côté de Gandalou : cela sonne aussi bien que ceux de Guermantes ou de Swann. « Je suis de Brétounel, je viens de Gandalou. » Ce n'est pas du Racine, mais après tout, la fille de Minos et de Pasiphaé pourrait en prendre de la graine ; gouleyants, chatoyants, ce sont des mots secrets mais faussement modestes. C'est d'un balancement royal qu'ils évoquent la menthe fraîche, les coteaux d'Aquitaine, les rites de la ferme et du verger. Mais rien dans Brétounel et Gandalou ne dit l'âpreté de la vie, la rudesse des jours. Ce sont des mots qui ont choisi le bon côté de la mémoire, le fluide et le fruité, non pas comme un apanage princier, un privilège de naissance, mais comme une onde de sagesse pour ourler doucement le fil de l'eau, les reflets du passé.

Brétounel, Gandalou. Les deux mots sont pour moi réunis par essence, dans ce coin sage et blond que les centrales et les usines de ciment tentent en vain de défigurer. Brétounel, Gandalou : c'est la même musique et la même cadence, mais je les vois de loin, je les tiens comme un galet de la Garonne encore humide et déjà chaud dans le creux de la main. Maman y voit tout un contraste, et je sais bien qu'elle a raison. Le temps qui passe marque la distinction. À Brétounel, avec les enfants, nous allons encore nous promener, par le Chemin des Maules : il y a des fleurs à découvrir sur les talus, des baies dans les épines ; dans la nostalgie de ses ailes, Brétounel a gardé sa note sensuelle à travers les étés. De Gandalou, le pouvoir est bien différent. Pas de maison que l'on visite, pas de rivière où les enfants puissent jouer. C'est une ferme abstraite au fond de la mémoire, mais son message est clair : une exigence presque austère sous le nom chantant, l'élévation intellectuelle et morale comme chemin d'évidence. J'ai connu ces deux mondes. La mère de Maman était l'archétype de Brétounel, sa tante de Castel le modèle de Gandalou. Deux sœurs bien différentes, réunies par la même générosité, ici un peu gâcheuse et là plus distillée. Le hasard de la vie a voulu que Maman connaisse la chaleur d'une enfance libre à Brétounel, puis des années d'études adolescentes à l'ombre de Castel... Mais je crois qu'elle avait d'avance un peu des deux tendances. Elle venait de ces mots, de leurs balancements mêlés par un même message. Pour moi, tout fut facile. J'aimais son tablier pastel, c'est la faute de Brétounel, grandir était très doux, c'est la faute de Gandalou.

La chronologie des faits dans cette enfance s'est effacée mais beaucoup de moments goûtés sont là, sans date, dans leur fraîcheur.

On dit beaucoup que les enfants sont aujourd'hui souvent délaissés par leurs parents trop occupés.

Nous l'étions au moins autant, mais nous étions libres dans de grands espaces, eux le sont dans un cadre étroit de logement, de quartier. c'est toute la différence.

Dans les greniers, les hangars, les granges, les prés, le ruisseau... notre imagination se donnait libre cours. Nous pouvions nous y ébattre, nous réfugier partout sans jamais encourir le courroux des adultes.

Je rêve un peu de cette liberté, dans cet espace blond couché au pied des coteaux de Malause. Au nord, d'autres coteaux, des vignes à chasselas vers Boudou, vers Moissac. Ce sont des collines très douces, et comme retirées de la fureur du monde. Harmonies de brumes et de bruns dans le froid de l'hiver, puis le blanc fragile des vergers du printemps, avant les couleurs chaudes de l'été, le blé, le tournesol, avant cette rousseur des vignes et des arbres fruitiers quand vient l'automne. Il y a des pigeonniers, des chapelles abandonnées, et des fermes vivantes. Au sud, la plaine s'élargit, et l'idée de Garonne, au-delà du village, ouvre plus large le désir. Peu de choses ont changé. Quelques champs laidement bâchés de plastiques opaques pour faire pousser les fraises au mois d'avril. Mais après la Saudèze, les champs et les vergers ont dû rester les mêmes. Nous venons aujourd'hui marcher près de la ferme de Brétounel, où elle vivait cette liberté magique et simple. Nous disons quelquefois :

— Il faudrait venir. Les enfants joueraient. On pourrait lire à côté d'eux. On apporterait le goûter…

Nous disons ça juste en passant, comme pour attester le pouvoir de ces champs, de ces courbes et de ces maisons qui retiennent en secret le talent d'une enfance. Son talent. Je ne crois pas vraiment à celui d'une époque. Mais Elle vivait dans ce décor, et la liberté de ce temps jouait dans les granges et les prés la mélodie de sa chanson.

Six familles vivaient dans des maisons proches du hameau de Brétounel, chez tous nous vivions comme si nous étions chez nous.

Dans les dépendances, dans les jardins, on allait chercher un outil qui faisait défaut, les pinces à linge.... Chacun constatait ces disparitions sans s'émouvoir : " Untel a dû venir les prendre, il les rapportera ce soir."

Cependant nul ne franchissait la porte de l'habitation, quoiqu'elle fût toujours entr'ouverte, sans crier dans l'entrebâillement : " Léonie, Ernestine, Gariette.... tu es là ? "

Gariette et Eugène son mari avaient une petite vigne qui donnait un vin de 6° à peine, sucré, un vrai sirop de vigne !

J'étais gourmande et souvent je venais boire chez eux à la fin du repas : " Ah ! te voilà ! " et ils me servaient aussitôt à boire sans me poser de questions.

Tous aimaient les enfants. Cela me semblait alors tout naturel; je m'en étonne plus aujourd'hui.

Quand nous allions leur souhaiter la bonne année le matin du jour de l'An, ils nous remerciaient avec trois pruneaux séchés sur la claie de roseaux à la fin de l'été ou d'une pomme rouge bien ronde, bien luisante. Nous partions en chantant : « Le petit Jésus allait à l'école, avec une croix sur son épaule, une pomme rouge pour mettre dans sa bouche, un bouquet de fleurs pour mettre dans son cœur.

Nos mères allaient à l'église à Noël, à Pâques et à la Toussaint, nos pères jamais.

Apparemment enfants de mécréants nous étions des familiers du petit Jésus.

C'était la belle époque de la laïcité pure : on n'aimait pas la religion, ni les grands qui l'organisaient, mais on aimait son curé de campagne et on aimait Dieu.

Notre esprit n'a jamais douté que le petit Jésus de la chanson allait à la même école que nous et personne ne nous en dissuadait.

J'aimerais bien savoir qui fut l'auteur de cette chanson, je serais peut être surprise autant que je le fus à 64 ans lorsque j'appris que la complainte en patois que je chantais à mes petits frères pour les endormir était celle que répétèrent inlassablement au seuil de la mort les emmurés de Carcassonne pendant la croisade des Albigeois.

Avec des mots peut-on remplir les espaces trop vides qu'on a laissés derrière soi, les blancs de la mélancolie, les étonnants remords auxquels on ne peut rien, et qui blessent d'autant plus fort ? Il y a dans sa vie un grand matin de silence et d'absence, et je voudrais l'y retrouver, tant pis si quinze années ont coulé sur sa peine ; je veux lui dire j'étais là, beaucoup plus tard partager son chagrin.

C'est un matin de septembre. Je crois que la lumière est douce, et que c'est tout à fait l'été. Plus tard, avec l'automne, les brumes monteront de la Garonne, et le platane jaunira. Mais là, dans un absurde été, c'est le matin de la rentrée des classes. Pour la première fois, elle n'accueille pas d'enfants. Pour la première fois, elle n'ouvre pas la porte d'une école. Elle est là, exilée, dans cette maison de Malause où elle commence sa retraite, si loin de Saint-

Martin-des-Champs, de Chaponval, de Louveciennes, de Sèvres, Saint-Germain, Le Pecq, de toutes les communes d'Île-de-France où elle a enseigné. Île-de-France : pour elle ces mots-là ont les couleurs des tableaux de Monet, de Van Gogh, de Renoir ; couleurs mêlées à des regards et des gestes d'enfants, au bonheur d'enseigner. Elle venait d'Aquitaine ; elle y est revenue soigner sa mère et préparer pour nous une maison ouverte de vacances. Mais l'Île-de-France a pour toujours endimanché son âme. Île-de-France : l'automne a des rousseurs princières, et mes parents tout doucement quittent le monde paysan. Saint-Martin, c'est encore la campagne, et Chaponval aussi, mais nuancée déjà de ce regard impressionniste qui compte tant pour Elle. Parer les actes les plus simples d'une mystérieuse aristocratie : c'est ce qu'ont fait à Chaponval Cézanne et Pissarro — et c'est ce qu'elle a fait aussi, à sa manière. Quelque chose en elle de léger, d'impalpable, avait besoin de l'Île-de-France pour se ressembler.

Ainsi, peu à peu, et sans autre raison apparente que des intérêts de mutations, d'appartements plus confortables, de proximité de Paris pour les études des enfants, mes parents sont venus vivre dans des endroits très chic. Ils y étaient instituteurs, aimés souvent, appréciés toujours. La modestie de leur statut social dans ce décor aurait pu leur donner complexes et rancœurs. Mais ils tenaient le meilleur de l'écume. Maman, surtout, nageait comme un poisson dans l'eau parmi ces gens très diplômés, très riches, très bourgeois, qui ne l'impressionnaient pas. Aussi éloignée qu'on peut l'être de tout snobisme, de toute affectation, elle s'imposait par une élégance morale naturelle, venue sans doute du duché de Brétounel ou du comté de Gandalou…

Ce premier matin de retraite, elle revoit cette grande île dans sa vie, flottante dans le souvenir après tant de réalité dans la lumière. Comme Malause doit lui sembler silencieux. À défaut d'accueillir des écoliers tout neufs dans une cour d'école, elle sort sous le platane pour les regarder passer. Huit heures et quart, huit heures trente… Il n'en passera pas un seul. Elle revient vers la maison, si désœuvrée, se fait peut-être une nouvelle tasse de café, jette un œil distrait sur *La Dépêche*. Elle pense à la rentrée d'Emmanuel et d'Olivier, seule consolation dans ce désert soudain qui s'entrouvre en silence. Comme son cœur est lourd, et son âme légère ! Un seul sourire d'écolier, et sa peine s'envolerait.

Mais l'automne n'a pas d'enfants, ce matin-là, ni ces odeurs d'encre et de craie mêlées aux feuilles des platanes. Elle mettait un bouquet de fleurs sur son bureau, et les élèves du Cours préparatoire venaient s'asseoir, intimidés par la douceur et la confiance qui pesaient sur eux, déjà, comme autant d'exigence. Elle mettait une blouse si propre, le matin de la rentrée, et balayait toutes les blessures du passé pour devenir l'instant très clair où les enfants comprennent que le monde va changer — bientôt, ils sauront lire, et des chemins magiques d'évasion s'inventeront dans la fausse prison aux fenêtres ouvertes.

« Chat gris
Mon tout petit chat gris
Tu as pour t'amuser
Un bouchon et une ficelle
Tu as du lait sucré dans ton écuelle
Que te manque-t-il encore pour être heureux
Et chat gris
Le tout petit chat gris
En soupirant répondit
Je voudrais être comme ces enfants
Qui vont à l'école gaiement
Qui sont si sages si beaux
Et qui lisent sur des tableaux »

Elle apprenait cette poésie, et quand ce fut mon tour je répétai obstinément « que te manque encore pour être content », mais je sentais déjà au fond de moi tout ce que, sous le léger, l'école m'apportait de transparence. Chat gris, chagrin, je sais très fort cette clairière d'âme qui lui manque, en ce matin de septembre trop bleu, si loin d'Île-de-France. C'est un autre silence, où manque la rumeur, où manque la ferveur des écoliers. Avec des mots je veux lui dire j'étais là.

Nos sabots de bois, nous les avions soigneusement lavés la veille de Noël et posés au bord de la cendre, dans l'âtre. Ce que je voudrais traduire, mais je ne le peux, c'est le soin que nous mettions à cette opération, l'ambiance qui nous entourait; le visage de nos parents était aussi sérieux que le nôtre. Tout le monde croyait au père Noël!

Et le matin nous trouvions le Jésus, le bas du corps drapé dans une étoffe bleue, les détails du visage bien dessinés, le tout en sucre sur le sabot en chocolat finement ciselé lui aussi.

Depuis quelques années je les vois réapparaître mais ils font pitié. Ils sont informes, laids il leur manque l'amour du travail manuel.

Le nôtre nous ravissait. Il était accompagné

de quelques bonbons au chocolat, d'un tout petit jouet, d'une écharpe, de quelques billes, d'une trousse de couture ou d'un plumier en bois ou en carton bouilli verni, le tout tenant dans nos sabots. C'était la règle nécessaire ! La règle qui nous donnait une vraie joie simple sans nous inciter à l'envie d'une inutile richesse.

Après avoir admiré cette friandise pendant quelques jours, nous la dégustions peu à peu. Je commençais par les pieds par souci de graduer ma cruauté. Je n'ai jamais pu manger la tête...

Elle restait sur le coin de la cheminée de la chambre, près du lit que je partageais avec ma sœur aînée. Un jour elle disparaissait... Je n'ai jamais su comment. Je pense que maman, devinant mon chagrin, la dérobait à mes yeux. Elle était assez subtile pour cela.

"Ces petits sabots sont de bois, ma mignonne.
Ces petits sabots sont de bois tout blanc..."

Les sabots de bois étaient la chaussure d'hiver pour tous, petits et grands. Nous les portions avec des chaussons minces de drap noir, renforcés au talon par un cuir souple-(basane)- qui servait aussi à la semelle.

Cela nous permettait de les déposer dans l'entrée de la maison ou sous notre pèlerine au porte-manteau de l'école et de ne pas salir ainsi le carreau de la cuisine ou celui de la classe.

Nos instituteurs suivaient la même règle.

Les jours froids ou pluvieux, pour que nous quittions la maison les pieds bien au chaud avant de prendre le chemin de l'école, maman les "abrasait": entendez par là qu'elle y déposait avec la pelle à feu, un mélange de cendres chaudes et de braises, savamment dosé, qu'elle faisait courir d'un bout à l'autre de chaque sabot en lui imprimant un mouvement de va-et-vient ; ainsi le sabot s'échauffait sans que la braise en brûle le bois.

Les sabots ont une place de choix dans mes souvenirs d'enfant. Etant faits de bois blanc ils s'usaient vite et il fallait les remplacer. Maman étant tout l'hiver sur les chantiers d'"Exploitation des bois de la Garonne" n'avait pas de temps à perdre. Aussi nous disait-elle d'aller chez le sabotier du village durant l'inter-classe de midi. Elle les payait lorsqu'elle allait remplacer les siens.

Monsieur et Madame Belmont, nos sabotiers jouissent encore de toute ma considération affectueuse. Ils faisaient un bon ménage, se parlaient gentiment. Madame Belmont avait prénom Estèle (Etoile!), son mari l'appelait "maman", comme ses enfants. Cette ambiance me ravissait.

Donc, après avoir avalé mon repas froid, je demandais à l'instituteur :

“Monsieur, est ce que je peux aller chez Belmont pour mes sabots !” La réponse était toujours affirmative.
J'arrivais ainsi chez ces braves gens, chemin de Montillon ; ils n'avaient pas d'heures de fermeture.

“Ah ! te voilà Marthon ! Ça marche à l'école ? – tu as encore usé tes sabots !” Monsieur Belmont prenait la mesure de mes sabots usés avec une règle, en choisissait une paire de même calibre parmi ceux qui pendaient au plafond de son atelier et patiemment les adaptait à mon pied, creusant un peu ici, un peu là jusqu'à ce que je m'y trouve à l'aise.

Alors, Estèle faisait l'admirable finition : elle fixait avec soin une bride de cuir doublée de feutre dentelé bleu ou rouge et les enduisait au pinceau de vernis jaune qui séchait vite.

Je repartais à l'école en regardant mes pieds tout le long du chemin.

— Ah ! te voilà, Marthou ! Ça marche, à l'école ?

Ce qui me plaît le plus dans ce tableau, c'est ce qu'elle ne dit pas : le regard que Madame et Monsieur Belmont devaient porter sur elle. Dans ce décor si pacifiant de Malause autrefois — j'ai vu des cartes postales de ce temps-là, la Nationale d'aujourd'hui réduite alors à une ample courbe poussiéreuse, avec un étonnant silence à deviner, aucun danger à l'horizon — tout n'était pas sans doute aussi affectueux, courtois, que ses mots le dessinent. Le sabotier avait-il avec tous les enfants cette amitié offerte ? Je ne sais pas. J'aime bien son époque, j'aurais aimé y vivre une autre enfance ; mais bien plus que l'époque et le témoignage d'idyllique artisanat de la vie d'autrefois, j'aime la lumière de sa mémoire.

C'est dans sa tête que l'enfance est douce

et blonde au creux de la vallée de la Garonne. La petite fille que Madame et Monsieur Belmont voient approcher, au sortir de l'école, c'est celle-là qui fait le jour couleur de son âme légère. Aucun signe ne me le dit, mais je l'entends dans son récit : au seul nom de Marthou lancé à son approche, je sens une nuance de gaieté où se mêle déjà l'ébauche d'un respect. Petite fille, oui, mais déjà grande à sa manière. Et quand elle revient vers l'école avec ses sabots neufs, j'aime déjà ce que quarante années plus tard j'ai possédé : le monde enclos dans un mélange délicieux de bleu très clair et d'ombre douce.

Notre Grand-mère Maria qui n'était allée que très peu à l'école, à l'école des sœurs devait avoir le sentiment que notre « école obligatoire et laïque », fût-elle « gratuite » était une prison pour ses petits enfants car elle soignait particulièrement nos départs.

Pour notre déjeuner matinal elle confectionnait des « farcis » individuels, sortes de galettes rondes constituées de mie de pain mélangée à un œuf, un peu d'huile d'olive, un soupçon d'ail et de persil. Lorsqu'elle les avait façonnées, elle les faisait cuire dans la poêle, bien roussies des deux côtés et nous aimions beaucoup ce déjeuner chaud, frère d'un gâteau.

Ce que nous aimions moins, ce sont les trois centimètres de café noir, bien sucré,

qu'elle nous servait au fond d'un verre au moment de quitter la maison. Souvent il était trop chaud et nous trichions...
Mais derrière nous, comme nous prenions la route accourait Mémé ses verres à la main et il fallait nous exécuter !

Ainsi lestés nous parcourions le chemin de l'école, nous arrêtant à chaque maison pour appeler les camarades. Le troupeau grossissait à mesure que la route avançait et, bien avant l'heure de l'entrée en classe, chaque chemin convergeant vers l'école y livrait son paquet d'enfants.

Pendant plus de vingt ans elle a été l'institutrice des petits, du Cours préparatoire. J'ai pénétré dans sa classe à mon tour, à Chaponval, tout près des *Toits rouges* de Pissarro. Il n'y avait pas de Maternelle, et c'était la première école. J'avais cinq ans ; je me souviens de Nicolas Brimo, de Philippe Couteau, de Violette dont nous étions tous amoureux. Ce n'était plus une maman que j'avais sous les yeux, mais cette transition se faisait sans effort, comme elle se fit plus tard au Cours moyen, où j'appelai Papa Monsieur. À la maison, je réclamais sans cesse l'attention de Maman, portant la main à son épaule au point de maculer toujours son tablier à cet endroit. À l'école, une distance s'inventait d'elle-même ; je l'aimais autrement, peut-être davantage. Elle nous inventait un monde calme et juste, et quelquefois je faisais partie des punis, comme ce jour où, tout content d'avoir appris à siffler à la récréation, je fis profiter de ce savoir nouveau l'ensemble de la classe, pendant la leçon d'écriture. Elle apprenait à lire : y a-t-il plus beau métier ? De ce premier enfermement naissaient les ailes de la liberté, le seul remède à tous les chagrins de plus tard. Pour s'embarquer dans toutes les folies, tous les voyages dans le temps et dans l'espace, il fallait d'abord être sage, et reconnaître peu à peu ces lettres plus vraies que la vie. Apprendre à lire : c'est à la fois voir ce qu'on fait et inventer tout un abîme de mystère, ouvrir des portes pour toujours.

Je me souviens de cette année à Chaponval où elle avait accepté pour une fois des « Cours moyen ». Elle en pleura un soir, au bas de l'escalier. Elle avait perdu son pouvoir et ce rapport avec les plus jeunes enfants qui semblait faire partie d'elle-même. Je nous revois tous les quatre, Papa, Jean-Claude, Simone et moi, en train d'essayer de la consoler. Je finis par lui dire :

— Je t'en ferai, moi, des petits.

Et la scène dans ma mémoire finit dans le rire qui suivit. J'avais quatre ans et j'étais très sérieux. Pour effacer ses larmes, rien ne me semblait impossible.

Le chemin du retour était pénible l'hiver. Il faisait froid, presque nuit, nos sabots heurtant nos chevilles au cours des récréations et de notre marche mal assurée, les ensanglantaient. Le sang collait nos bas de grosse laine et nous pleurions pour les décoller, bien que Maman, patiemment, les détrempât à l'huile pour que cela tire moins.

Quand le printemps commençait nous prenions notre revanche et, malgré l'interdiction, quand le temps était sec, nous mettions les sabots dans notre panier et tant pis pour les chaussons!

Tout cela nous conduisait à la saison des espadrilles où le retour devenait joie.

Il faut dire que nous mangions à l'école à midi. Le panier cité plus haut était celui de notre déjeuner. Le mien était une sorte de petite valise d'osier pelé, le couvercle se fermait par une tige de bois lisse passant dans deux anneaux d'osier ; il avait une poignée au centre du couvercle. C'est que Maman était moderne.

La plupart de nos camarades possédaient un panier teinté de noir avec deux anses qu'elles passaient au bras.

Les garçons avaient une musette de toile kaki, en bandoulière, souvenir de la guerre 14-18 encore toute proche.

Dans ce panier ou cette musette attendaient jusqu'à midi, enveloppés d'une serviette, du pain, un morceau de saucisse, une cuisse de poulet froid, une orange, quelques figues sèches, pruneaux ou raisins secs ; la petite bouteille d'un quart de litre contenant notre boisson, du vin coupé d'eau par moitié.

L'hiver, notre bonne institutrice faisait cuire une soupe sur le poêle de fonte de la classe.

L'odeur des légumes cuits se mêlait, sans les troubler, à nos problèmes de trains allant en sens inverse, de robinets dont l'un remplit pendant que l'autre vide, au calcul mental, à l'interrogation sur la carte muette Vidal-Lablache, « le plus beau des tableaux impressionnistes signé en haut et à gauche » écrit Gaston Bonheur.

Bons exercices scolaires que nos petits enfants ne connaissent plus !

Cette soupe bien gagnée était distribuée au début du repas par « la dame ».

C'est bien le souvenir d'une « dame » que me laisse cette institutrice exemplaire dans sa tenue, dans son langage, dans son comportement dans le village, dans sa conduite à notre égard.

Par les matins d'été, Maman mettait au coin du panier deux morceaux de sucre soigneusement plié dans du papier. En sortant de l'école nous allions à la fontaine de Laspeyres remplir d'eau fraîche notre bouteille au fond de laquelle nous avions fait tomber les deux morceaux de sucre cassés avec les dents.

— Souris-moi.

Elle me regardait, hochait la tête, obéissait. À seize, dix-sept ans, je ne quittais jamais la maison sans ce sourire. J'avais besoin de ce signe léger. Besoin pour moi. Besoin pour elle…

— Souris-moi !

Elle haussait les épaules, un peu gênée. Sourire à la demande est un art difficile. Je descendais quelques marches de l'escalier, me retournais. Elle me regardait partir, debout sur le palier. La distance amorcée rendait enfin possible ce sourire-mot de passe. Avec cette impudeur tranquille des enfants trop gâtés, je lui disais parfois :

— J'aime bien l'idée que tu es là quand je m'en vais, et que tu seras là quand je reviendrai.

Elle était la maison, l'attente, et davantage

encore : la permanence. Il ne me venait pas à l'idée qu'elle aurait pu rêver de liberté, d'un autre espace. Aujourd'hui encore, mon remords est bien vague. Je n'imagine guère qu'elle ait pu vouloir une de ces indépendances creuses de femme au foyer. Elle évoquait en souriant les mamans bourgeoises de Louveciennes qui revenaient exténuées d'avoir *fait les Grands magasins*. Je suis sûr qu'elle ne les enviait pas.

Un peu de Brétounel lui gardait cependant le talent du champagne, le désir et le pouvoir de goûter quelques miettes de luxe, quelques parcelles de futilité. J'ai dû l'accompagner parfois le jeudi à Paris, sans enthousiasme — à huit ou à dix ans, je me serais très bien passé d'un pull ou d'un pantalon neuf, et je manquais moins volontiers une après-midi de jeux avec les autres enfants d'instituteurs dans la cour de l'école. Mais ma mauvaise humeur durait juste le temps du trajet ferroviaire Louveciennes – Saint-Lazare. À peine plongée dans la Cour de Rome, Elle savourait Paris avec un bonheur contagieux. L'idée de luxe et de raffinement flottait autour de nous comme une manne indivisible, l'idée vaporeuse d'un plaisir de l'essence, bien supérieure à celle de consommation. C'est à Elle que je pense, quand je traverse comme autrefois le rez-de-chaussée du Printemps, palais doré, léger, peuplé de sirènes parfumées, maquillées, si doucement perfides dans le bavardage, et si inquiètes dès qu'un miroir vient à interroger leur fuyante image liquide, leur beauté menacée. Quelque chose en Elle possédait d'avance ces oasis coûteuses, où elle passait avec l'aisance et le détachement d'une vie toute différente, la supériorité de la passante sur l'acheteuse trop nantie. Mais l'île d'or restait en nous, comme restaient les vitrines baroques et sucrées de Fauchon sur le chemin des Trois-Quartiers — car sa quête inflexible de la qualité nous emmenait souvent jusqu'à ce temple du cossu, du sérieux sobre et de l'indémodable.

« Elle prenait avec la vie cette distance infime qui donne ensuite envie d'y revenir. » J'ai écrit dans un roman, à propos d'une grand-mère composite, cette phrase qu'Elle m'avait inspirée. Passionnée dans son travail, perfectionniste dans la tenue de sa maison, elle savait s'inventer pourtant des marges minuscules, des îlots de plaisir dégustés sans fausse honte, et sans vraie sensualité. Aujourd'hui encore, elle se plaît à insister au restaurant sur l'onctuosité d'une serviette ou d'une nappe en coton damassé. Mais c'est l'idée de propre et de fraîcheur qui la séduit, plus que la consistance — et elle en parle davantage qu'elle n'y touche. De même, au plus chaud des trajets en voiture, le mouchoir parfumé — si savamment conditionné dans sa pochette de papier métallique —, qu'elle tire de son sac, est par avance dans ses mains un concept de bien-être, une voluptueuse abstraction.

Peut-être faut-il pour regarder ceux que l'on aime un mélange fragile de partage et de décalage. Ce rapport à la vie, aux choses, à leur consommation, je le sens d'autant mieux en elle que je l'éprouve en le pervertissant. Elle buvait l'instant pur que justifiait entre deux parenthèses le rythme d'une vie vouée aux autres. J'ai écarté les parenthèses : elles sont au centre de ma vie la clé de l'écriture, le temps perdu comme une source de remords. J'ai tout gardé de Brétounel, mais Gandalou a pris la forme d'une page blanche ; morale un peu plus lâche, un peu plus inquiétante et solitaire — je ne l'ai pas choisie.

Après les Trois-Quartiers, notre retour à Saint-Lazare, dans cette buée bleue des soirs de ville, était marqué par une dernière tradition. Sous l'escalier de la gare, la pâtisserie Le Bras étalait l'opulence de sa boutique bourdonnante et familière. Il n'y avait à mes yeux qu'un seul gâteau : un petit pudding rond, glacé de sucre blanc, orné en son milieu d'une cerise confite rouge pâle. Nous en mangions un sur le pouce, dans l'affairement de la boutique ouverte à tous les vents. Pendant ce temps, une serveuse nous préparait dans un carton les mêmes puddings pour le soir, qui ritualisaient chaque voyage dans la capitale. Paris jeudi, Paris d'hiver en sucre glace, Paris d'octobre et de pluie tiède, un carton à la main dans le train du retour, direct jusqu'à Saint-Cloud, puis Garches, Vaucresson, Bougival, Louveciennes, petite litanie des plaisirs sages qui reviennent, petite musique alanguie du Paris de Maman ; du parfum, du champagne, il reste quelques bulles, et le sillage de son rêve. Elle est partie pour le Midi. Plus de rites et plus de pudding, la Cour de Rome n'a plus d'ombre, le bleu du soir est un peu gris.

Après avoir quitté le village, à mi-chemin dans la campagne, nous faisions halte à l'ombre d'un vénérable cognassier légendaire qui n'existe plus. Là, assis dans l'herbe du fossé, nous bavardions, jouions à pigeon-vole, échangions les idées importantes que nous ne pouvions aborder qu'entre nous, buvions notre eau sucrée et repartions.

Parfois, une couleuvre traversait la

route sous nos yeux. Nous n'en avions pas peur. Nous les attendions toujours au même endroit, connivence de la nature bien réglée.

Nous rentrions ainsi parfois tard à la maison. Nos parents ne s'inquiétaient pas. Il n'y avait pas encore de voitures automobiles et personne n'enlevait les enfants.

Du reste nous avions nos protecteurs qui étaient aussi nos victimes.

Les paysans qui travaillaient dans les champs nous connaissaient, ce qui ne nous empêchait pas de leur voler un poignée de cerises, juin venu.

« Le Basset » était notre proie préférée. Il criait et gesticulait du fond de sa vigne, sans jamais nous rejoindre.

Il est mort depuis longtemps. J'ai soixante quinze ans. Son cerisier existe encore mais plus pour longtemps, il n'a plus que le tronc crevassé et une branche piteuse.

« Je vous ai téléphoné hier soir, mais je vous écris quand même ce matin, puisque j'écris aussi à Mulhouse et à La Celle-Saint-Cloud[1]. » Ses lettres et sa conversation sont émaillées ainsi de ces dosages minutieux, de ces équilibres de tendresse. Pour les cadeaux, elle déploie même des trésors d'ingéniosité ; se refusant à acheter le même pour chacun, elle y consacre cependant la même somme, et le même temps pour choisir. Le soir, elle pense à chacun à son tour, à ses espoirs, à ses problèmes, avec cet éternel souci d'impalpable équité, pesée dans la conscience et minutée dans la réalité. Pour l'équilibre planétaire dans la course aux armements, on devrait la nommer conseillère : la paix du monde ne serait

1. À Mulhouse habitent mon frère Jean-Claude et sa femme Christine, à La Celle-Saint-Cloud ma sœur Simone et son mari Jean.

plus menacée. Mais il s'agit plus simplement d'une paix intérieure, d'un équilibre avec soi-même. Je me suis parfois demandé où l'on rendait les comptes pour tant de peine. Je crois que c'est ici, par un accord avec la vie, par le bonheur du jour.

J'ai parcouru trop vite ce chemin de l'enfance, il recèle des moments si délicieux qu'il m'y faut revenir.

J'ai déjà dit, je crois, que le métier de mes parents était de débiter en planches qu'ils vendaient, les peupliers des bords de la Garonne achetés aux paysans. Ils travaillaient aussi, à la belle saison, la petite ferme que Grand'mère Maria avait achetée avec ses économies lorsqu'elle se trouva veuve avec notre père alors âgé de quatorze ans.

Un jeune domestique, Raphaël, vivait à la ferme avec nous exécutant les besognes journalières. Il était pour nous un grand frère et nous en abusions. En particulier il nous fabriquait des échasses et, quoique n'aimant pas d'habitude les jeux de garçons, j'adorais marcher sur ces échasses !

Les champs de cette ferme étaient très morcelés, éloignés de la maison en étoile. On s'y rendait pour les travaux et on y prenait un repas froid. Je garde de chacun d'eux un écho particulier.

La terre de Lalis était bordée sur les deux longs côtés de deux rangs de vigne entre lesquels prospéraient toutes sortes d'arbres fruitiers : pêchers, plusieurs catégories de pruniers, guigniers, cerisiers Napoléon, bigarreaux, un amandier, un gros noyer au fond (la variété en est perpétuée dans le jardin de Malause). Aller cueillir les fruits était une promenade merveilleuse.

La vigne de Goubélat nous offrait des chasselas et des muscats muris au soleil du côteau.

Pour nous y rendre, nous passions près d'un vieux pigeonnier à deux étages dans lequel j'ai situé le moulin d'Alphonse Daudet la première fois que j'ai lu "Les lettres de mon moulin", je devais avoir dix ans. Mon imagination y ajoutait les ailes.

Dans la plaine, la vigne de Baïssade était pourvue d'une grande cabane qui servait aux voisins et à nous-mêmes. Elle était bâtie en pierre, dotée d'une cheminée, d'un mobilier plus que rustique se limitant à des planches posées sur des pierres taillées. Là, j'ai toujours imaginé la naissance de Jésus entre Marie et Joseph, l'âne et le bœuf et la visite des rois mages.

Le parfait bonheur de l'enfance tenait dans tout cela.

— C'est le fils de Marthou !

J'entends la musique de ce nom ensoleillé d'accent, d'une affection secrète. Marthe. Le prénom de Maman m'a toujours paru un peu âpre, injustement rugueux, et sa transparence biblique ne me suffisait pas. Mais le prénom n'est rien sans l'âme qu'il dessine, sans la voix qui le chante. Dans les voix de Garonne où glissait ce Marthou tendrement diminué, je devinais les signes qui me manqueraient toujours, je pressentais cette maman d'avant, silhouette légère, insaisissable à mon regard, aux bords lointains de la ferme de Brétounel. Marthou. La bouche s'ouvrait large, comme pour accueillir une franche présence, une idée nette et douce à la mémoire. Marthou, c'est la maman qui ne m'appartient pas, mais son image différente avait pouvoir de susciter même affection, même respect. Marthou.

Avec cette chanson à deux syllabes, avec un sourire léger, les parents, les amis tenaient déjà la promesse de son passage, une caresse simple sur la terre, pour faire un peu plus blonde la vallée.

Je ne saurais parler de tous les lieux, de toutes les personnes qui meublèrent mes premières années de rêves ineffaçables.

La colporteuse de l'Ariège tient dans ces souvenirs une très bonne place.

Cette vieille dame, vêtue de grandes jupes noires, chaussée de gros souliers à tige, un fichu sur la tête, le teint hâlé, arrivait chez nous à la fin de l'hiver.

Elle entrait comme une visiteuse attendue et nous accourions tous. Elle était consciente de la féerie qu'elle entretenait.

Lentement, elle ouvrait sur la table de la cuisine la grande toile noire nouée par les quatre coins qu'elle portait pendue à l'épaule.

Cette toile était une caverne d'Ali Baba! Tout de suite s'étalaient devant nous des dentelles, des paquets d'aiguilles, d'épingles, des bobines de fil au conscrit dont le carton s'ornait d'un petit soldat aux jambes grêles, coiffé d'un képi militaire plus grand que lui ! Il y avait aussi des allumettes de contre-bande, des couteaux pliants, des almanachs, des bijoux de pacotille...

Maman achetait des articles de mercerie, mémé Maria essayait toutes les lunettes cerclées de fer et choisissait celles qui allaient le mieux à sa vue, ou le moins mal.
La colporteuse arrivait toujours en fin de matinée, elle partageait notre repas de midi, ce qui me valait une merveilleuse petite bague ! Puis elle repartait avec son ballot, allongeant le pas sur la route. L'après midi elle visitait ses clients de Pommevic et couchait chez notre grand-oncle de Brots entre Pommevic et Valence d'Agen.

Nous la reverrions l'année suivante quand elle aurait fait un long séjour dans son Ariège montagneuse après avoir parcouru la vallée de la Garonne.

C'est un jour noir dans ma mémoire, et je le garde fort. Un matin de juillet, il y a huit ans. Elle a un de ses malaises fréquents, angine de poitrine, les mains qui blêmissent soudain, le cœur comme un étau. Un comprimé de trinitrine, un second, un troisième, rien n'apaise le mal. J'appelle le docteur Bourdoncle. En composant fébrilement le numéro, je l'entends, suffoquée, abandonnée sur le fauteuil, me répéter :

— Mais ça sera trop tard, Philippe, c'est trop tard !

Je ne connais pas cette voix, cette nuance si nouvelle d'irritation, de désespoir mêlés. Elle est blessée à mort ; elle ne voile plus le tourment qui l'étreint. Je suis soudain adulte, chargé de son destin, si désespéré de l'être. Quel pouvoir dérisoire accroché à ce lien abstrait du téléphone ! Car c'est en vain, j'en suis certain, que je supplie le médecin de venir vite vite !

Mais il est venu vite. Quand il est arrivé, elle respirait mieux, déjà. Plus tard, ce matin-là, dans le jardin près de la vigne, j'ai pleuré dans les bras de Simone toutes les larmes que j'avais refoulées, toute la peur et l'inquiétude prolongées. Mais le docteur Bourdoncle est venu vite, et puis après, jour après jour, il l'a sauvée. C'est un jeune docteur, solide et doux. Il a sauvé Maman par attention et par sérieux, par amitié aussi. Quand nous partons, à la fin des vacances, nous savons qu'il est là, qu'ils parlent tous les deux, pas seulement de médecine, et ce n'est pas un hasard si peu à peu elle a pu retrouver un nouvel équilibre. Chez nous, les phrases qui commencent par « Bourdoncle... » sont l'amorce d'un réconfort.

Elle a failli mourir, ce jour d'il y a huit ans. De sa retraite elle n'aurait connu alors que les soins quotidiens consacrés à sa mère, et la mélancolie des pièces vides — elle qui avait su faire de chaque école une maison si claire traversée de rires, de silences, et de tant de bonheur sous la sévérité. Mais il fallait d'autres matins ; il y eut d'autres malaises, d'autres rémissions, et peu à peu le goût du jour lui revenait. Au mois d'août, cette année-là,

Simone et Jean-Claude louèrent une maison en Bretagne pour accueillir la famille au complet. Il y a cette photo : Maman allongée dans son lit ; les cinq petits-enfants, blottis contre elle, lui font des regards tendres et des colliers de bras. Emmanuel, Olivier, François, Claire, Vincent : elle les verra tous grandir. Ils auront tous les cinq profond dans la mémoire ce couple capital, ces noms de Grand-mère et Grand-père, prononcés doucement avec une nuance de respect.

« Trop tard. » J'ai entendu ces mots tomber, il y a huit ans. Depuis, je vis, j'écris pour qu'il ne soit jamais trop tard. Et si mes mots sont impuissants pour arrêter le temps, qu'ils trouvent au moins dans l'encre bleue le fragile pouvoir de dire un peu d'amour à ceux que j'aime — l'infime reflet pâle et bleu de ce que je leur dois pour toujours.

Nous allions à pied, les yeux grands ouverts ainsi que le cœur. Il nous fallait attendre le succès au certificat d'études pour avoir droit à une bicyclette. Oh! combien désirée!

Les parents nous emmenaient en voiture à cheval pour les déplacements de plus de cinq kilomètres.

Les chevaux furent aussi nos amis. Dans notre première enfance, Maman avait un petit cheval, "Mignon", qu'elle attelait à une petite voiture marron à deux sièges adossés et munie de roues caoutchoutées, ce qui était le signe d'une certaine aisance.

Avec Mignon nous allions parfois au marché de Valence. Pendant que nous faisions nos achats, il se reposait dans le box loué à cet effet chez un particulier de la ville qui faisait commerce de ces locations.

Le jardin de Malause dort dans l'ombre épaisse du prunus, des bouleaux, du noyer. Quelques taches claires percent le feuillage et jouent sur le bras d'un fauteuil, le montant d'une balançoire. Des cris d'enfants montent çà et là, soulignent le silence de l'après-midi — Vincent, Claire et François font une chasse au trésor ponctuée de découvertes. Les grands lisent le journal, écrivent des cartes postales sur la table de jardin.

— Et toi, Maman, qu'est-ce que tu vas faire ? Elle a ce geste des deux mains ouvertes pour dissiper toute inquiétude à son sujet :

— Moi, mes enfants, je vous regarde.

C'est son spectacle préféré. Une longue attente l'a précédé, parfois près d'un trimestre silencieux à étirer des préparatifs pour l'été, dessus-de-lit à coudre, premières cerises à conserver au naturel, à transformer en confitures. Maintenant le décor est en place, la vaisselle de midi rangée. Assise un peu à l'écart de la table, dans un fauteuil blanc, elle ne tient pas à se lancer dans quelque bavardage. Nous sommes des acteurs, à peine ancrés dans le réel, flottant dans l'été arrêté pour attester la vérité d'un théâtre intérieur qui nous ressemble et nous échappe. Je vous regarde. Pas vraiment intimidés, mais un peu gauches de sentir soudain tout le poids de ce que nous sommes dans ses yeux, nous esquissons un sourire gêné, puis reprenons le fil d'un livre, d'une phrase en suspens. Il faut se laisser regarder. Elle nous a fait le monde et maintenant cette image lui appartient. Dans la clairière de juillet, le temps ne passera que jusqu'à l'heure du goûter. Quelqu'un dira :

— Cinq heures, je monte à la poste, vous avez du courrier ?

La scène se disloquera sans effort et sans gêne, dans l'évanouissement du cadre, du décor, l'éloignement des personnages. C'est l'été, les vacances, et nous n'aurons presque rien fait de cet après-midi — mais c'est ce rien qu'Elle garde en mouvement dans la mémoire, les allées et venues sans importance, les gestes pour toujours suspendus dans l'espace, engrangés pour l'hiver.

— Vous savez bien, ça me suffit. Moi, mes enfants, je vous regarde.

Je raconterais bien encore de Gandalou le pré en pente derrière la maison, la fontaine abritée par une ~~fontaine~~ voûte de pierre blanche dont le toit était couvert de lierre. Le trop plein s'écoulait dans un joli ruisseau où l'eau claire chantait sur les cailloux propres, où poussait le cresson vert sombre que nous venions cueillir à l'heure de la salade.

Je dirais encore les noisetiers d'espèces variées, le gros raisin blanc à l'eau-de-vie qu'il fallait avaler au moment des « au revoir », avant de partir. J'en avais horreur mais je le mangeais.

Je dirais aussi le bouquet blanc et rose entouré de papier dentelle blanc que les musiciens apportaient à notre grand-père, conseiller municipal de Castelsarrasin, avec une aubade de violon, accordéon et piston pour quelques danses des jeunes gens du "comité" avec mes jeunes tantes, devant la maison, la veille de la fête du village.
C'était une marque d'admiration et de respect.
Les habitants du hameau venaient consulter Grand père pour leurs affaires importantes.
Le jour de son enterrement, à l'heure des condoléances, un homme a dit : « Il manquera quelqu'un à Gandalou. »
Nous étions fiers de ce grand-père qui arbitrait et apaisait les conflits familiaux et nous avions raison.

Il était plein de prévenances pour notre grand'mère qui le lui rendait bien en dévouement ménager.
Les plastrons de chemises blanches à petits plis

étaient bien amidonnés. Grand-père était strict dans sa tenue comme dans ses actes : le costume de beau velours marron en hiver, l'alpaga noir en été. Il se coiffait de feutre pour la saison froide, de panama blanc, souple, dès que venait le soleil. Les souliers étaient toujours parfaitement cirés. Il parlait d'une voix grave et sûre, jamais ne jurait ni ne s'emportait.

De Brétounel, j'évoquerais encore les contes en patois que mémé Maria nous disait au coin du feu : comme j'admirais ce prince qui, pour épouser sa belle, modeste mais si jolie, accepta de recueillir un à un tous les grains d'un sac de maïs, puis d'un sac de blé et enfin d'un sac de graines de lin...
Il faut avoir plongé les mains dans ces petites graines plates, oblongues, huileuses pour évaluer cet amour !

Le battage du blé sur l'aire mérite une attention particulière. Le blé étant récolté, il fallait le battre. Déjà les batteuses, mues par une locomobile, toute pareille à celle qui actionnait la scierie de mes parents sur les chantiers de la Garonne, venaient ronronner dans la cour des fermes au mois de juillet. Mais les petits récoltants n'osaient pas encore entreprendre les frais de ce battage moderne pourtant moins onéreux que ceux de la moissonneuse-batteuse actuelle qui fait passer le blé du champ à la coopérative en quelques heures!
Notre récolte étant modeste, on battait encore le blé sur l'aire. Quinze jours avant l'opération il fallait préparer l'aire de battage. Dans l'enclos situé en face de la maison, de l'autre côté du chemin, Raphaël traçait un grand rond de quinze mètres de rayon environ. Il le labourait, rendait la terre meuble avec la herse.

Il la transformait ensuite en terre battue, si dure que les grains de blé ne puissent y pénétrer. De plus le centre de ce cirque devait être légèrement plus élevé que les bords.

Pour ce faire, il tassait la terre avec le gros rouleau de pierre tiré par les vaches. On voit encore de ces rouleaux devant certaines maisons pour décorer à l'ancienne...

Ce rouleau n'était pas un parfait cylindre, le diamètre de l'une de ses extrémités était plus court que celui de l'autre et l'on tournait en cercles concentriques, la petite extrêmité vers le centre. C'était une parfaite alliance des mathématiques et du bon sens. Comment ne pas penser à Pythagore !

Quand la terre était à moitié battue, chaque jour on l'arrosait et on repassait le rouleau, jusqu'à obtention de la surface parfaitement lisse et dure.

C'était tout un art dont la pluie qui diluait la terre et le soleil qui la fendillait étaient les ennemis. Les paysans étaient encore hier plus qu'aujourd'hui tributaires des conditions météorologiques que personne ne leur annonçait la veille...

Quand l'aire était prête, comme nous y sautions à la corde ! Mais il fallait battre le blé. Quel joli travail!

On prenait les gerbes de blé sous le bras, on les étalait sur l'aire du bord au centre, suivant un rayon. Puis on faisait une nouvelle rangée qui venait recouvrir la première jusqu'au niveau des épis et ainsi de suite. Quand toute l'aire était garnie, on ne voyait que des épis blonds recouvrant le cercle imposant.

C'est alors qu'intervenait « la lize », sorte de traîneau fait de planches clouées les unes sur les autres, se superposant légèrement, qui allait faire éclater les épis et séparer le grain de la balle.

A l'avant de la lize, un petit rouleau de bois dur commençait le travail que les planches continuaient. Elle était tirée par le cheval et faisait du meilleur travail quand on l'alourdissait aussi plaçait-on dessus de grosses pierres et les enfants. Nous tournions ainsi au soleil inlassablement et parfois, étourdis, demandions à descendre. Nous dégustions une pêche prise à l'arbre au bord de l'aire et remontions au prochain tour.

Quand les épis étaient suffisamment défaits, on secouait la paille à plusieurs avec des fourches et on l'enlevait.

On prenait alors un outil à main constitué d'une planche emmanchée, verticale par rapport au sol – (la "rasé") – et l'on poussait le blé et les balles vers le centre en un grand tas.

Dans le ventilateur enfin dont les palles de bois étaient mues par une roue à main, on versait le blé à la partie supérieure avec une grande pelle de bois. Le vent des palles chassait les balles légères par une première ouverture latérale tandis que le blé propre venait couler au fond de l'appareil avec sa belle couleur rousse et son odeur de froment chaud.

On l'ensachait et le montait au

grenier au-dessus de l'habitation pour qu'il soit au sec en attendant de le porter chez le boulanger qui donnait en échange des tickets roses, verts ou blancs correspondant au poids des pains qu'ils représentaient.

On troquait le blé contre le pain chez le boulanger, comme on troquait les œufs contre l'huile, le café et le sucre à l'épicier qui faisait sa tournée hebdomadaire dans les campagnes. L'appoint se faisait en argent liquide.

Elle a toujours été une grande lectrice de Colette. « J'appartiens à un pays que j'ai quitté. » Cette petite phrase de la fille de Sido est la première à venir sous la plume de Maman, quand elle commence à rédiger ses souvenirs. Chez Colette, ces mots expriment le remords : bien plus que l'abandon de Saint-Sauveur, c'est le reniement de l'enfance : « Un monde dont j'ai cessé d'être digne », écrit l'auteur de *La maison de Claudine*, dans une confession esquissée d'autant plus poignante que la page est par ailleurs exempte de tout moralisme, mais déborde de couleurs, de saveurs, de souvenirs presque à toucher. Chez Maman, la nostalgie est sœur jumelle, le sentiment de faute plus dilué. Pourtant... Quitter l'enfance n'est pas une fatalité, mais une insuffisance. Ma mère a-t-elle abandonné l'état d'enfance ? Grave question que je me pose au seuil de ses soixante-quinze ans. Elle a toute sa vie aimé, côtoyé des enfants, guidé leurs pas, ouvert pour eux le monde. Sa morale rigoureuse, aussi laïque qu'elle le dit, et peut-être plus religieuse qu'elle ne pense, ne l'a jamais écartée d'elle-même. Elle est loin de Colette, sur ce plan. Et cependant, ce n'est pas un hasard, si leurs jardins se croisent. Il y a Sido, bien sûr, semblable en bien des points à ma grand-mère, avec sa générosité brûlante, végétale, l'empressement du corps, l'inquiétude de l'âme. Il y a la mélancolie profonde des fleurs, des herbes et des ruisseaux laissés derrière soi, dans la liberté d'un ailleurs qu'on appelle Autrefois. Mais il y a la musique aussi, la cadence des phrases, cette rumeur magique mise en mouvement — le style de Colette. Maman l'aime, de *Sido* au *Fanal bleu* ; le chemin des mots rapproche, mais leur chanson marque l'éloignement, l'admiration — paradoxe étonnant de l'écriture.

Le style. C'est le miracle irréductible de Colette, ce don ailé qui change en or toutes les boues, et retrouve de l'or aux rives de l'enfance. Le style, cette perversion, cet élan presque trouble né d'un échec informulé pour jouer à côté de la vie une musique parallèle. Le style, cette mémoire apprivoisée qui reviendrait danser pour effacer tous les faux pas. C'est du trop tard, des rendez-vous manqués avec la vie qui se refont le ciel d'un autre espace.

Je regarde Maman aimer le style de Colette. Elle a tout de Colette, sauf l'impureté. Son style à elle c'est sa vie, l'accord jour après jour avec l'exigence de Gandalou — c'est autrement plus difficile. Aucun honneur, aucune gloire ne viennent couronner le courage du jour, l'éclat silencieux d'une âme en paix. Pourtant, s'il n'y avait pas cette eau claire quelque part, le style n'existerait pas. Il faut des vies très droites pour que d'autres inventent l'idée d'un détour. Et moi ? De quel droit ridicule puis-je user pour juger tout cela ? Je n'y ai qu'une excuse : celle de me sentir à mi-chemin de la vie et du style, et de savoir que si je rêve quelquefois du style de Colette, le talent me manque infiniment pour approcher de la vie de Maman.

Quand il pleuvait nous allions jouer au train dans la grange contigüe à l'étable. Les crèches s'ouvraint du côté grange par des portes coulissantes que l'on refermait après avoir mis le foin. Entre la crèche et la porte, se trouvait une planche qui faisait un siège parfait. Ces portes successives sur le rail de bois lisse étaient les portières d'un train. Il y avait le chef de gare qui distribuait les billets et enfournait les voyageurs.

"Attention à la fermeture des portières!" et vlan! nous partions pour le voyage imaginaire jusqu'à ce que le chef de gare crie le nom de la station et nous libère car ses portes ne s'ouvraient aisément que de l'extérieur.

La fierté que j'avais quand des copains venaient à la maison. Fierté de sa diplomatie souriante. Elle leur parlait quelques secondes, s'éclipsait, venait poser sur mon bureau un plateau avec une bouteille de menthe ou de grenadine, une carafe d'eau, quelques biscuits. Elle en disait assez pour que chacun se sente reconnu, familier, assez peu pour ne pas ennuyer des adolescents comme moi timides, un peu balbutiants, ravis pourtant de la facilité de cette conversation enjouée, naturelle. Tout devenait léger ; les filles, la musique et les cigarettes, qui faisaient la trame de notre intimité goguenarde et pubertaire, disparaissaient quelques secondes, et je voyais mes copains se décrisper, risquer des phrases avec la volupté de cette aisance toute neuve qu'Elle savait leur donner. Elle disparaissait vite, et je voyais Arthur, Bernard, Gérard ou Serge regretter ce qui n'aurait dû être qu'une ennuyeuse transition protocolaire.

Continuer les retours sur l'enfance sera plus difficile car, après mes douze ans, tout changea dans l'espace et dans le temps.
Le rêve où j'imaginais le monde, les jeux, tout plus beau, plus grand, cette enfance dorée de Brétounel va finir.
Je vais commencer à voir les adultes, à les juger, à assister à l'enfance plus dure me semble-t-il de mes jeunes frères. Encore sont-ils peut-être plus heureux que je ne le crois. Ne racontent-ils pas des épisodes qui semblent en témoigner?

Avec mes douze ans tout va changer dans l'espace. Mes parents ayant acquis la maison de Malause qui jouxtait la première ont décidé de

de modifier leurs activités ; nous sommes venus habiter au village.
Rien ne fut plus pareil. Nous étions presque des étrangers pour les voisins tandis que le hameau de Brétounel était une grande famille.
Nous, les enfants, commençâmes à avoir chacun nos amis au lieu d'être toujours groupés.
Habiller les petits frères en jouant, attacher leurs chaussures plusieurs fois par jour, les promener jusqu'à la Sandèze dans leur landau ou jusque chez les voisins les porter dans nos bras, cambrés en arrière, nous asseyant exténuées sur la première pierre venue.
Toutes ces bonnes choses finissaient.

Tout changea dans le temps. L'année de l'emménagement au village je quittai la maison pour aller en pension à l'École Primaire Supérieure de Castelsarrasin. J'avais eu le certificat d'études et obtenu une bourse par concours à Montauban.
Je ne serais plus présente qu'un dimanche

par mois le jour de « grande sortie » et une partie des vacances, l'autre se passant à Castels chez ma tante et mon oncle.

Elbar me coupa matériellement de la famille. Contradictoirement la coupure sentimentale ne se fit pas.

De mes soirées de pension j'écrivais à la maison de longues lettres sur ce papier bleu ciel, grenu, marqué à l'entête de l'école, que notre Directrice nous vendait à son bénéfice.

Dans ces lettres je décrivais le détail de mes journées et demandais ceux de la vie à la maison: si Georges mettait toujours du rhum dans son fromage blanc, si Pierrot était plus sage, si le genou de Marcel était guéri, si Renée était moins timide à l'école, si on avait tué les canards....

Les réponses me venaient par la plume de Maman souvent, d'André parfois.

Ce n'est pas mon enfance que je veux retrouver à l'ombre de ses mots, mais son regard sur mon enfance. C'est vrai que la réalité n'existe pas, et pour autant que l'on soit proche, les jours enfouis dans la mémoire n'en sont pas moins promis à d'autres jours, lorsque l'on peut approcher le mystère d'un éclairage différent posé sur leur évanescence — lorsque l'on tient pour quelques pages comme moi le privilège de se souvenir deux fois. Maman parle de son passé ; je me plonge dans son regard, et les moments d'après remontent dédoublés, multipliés par sa tendresse ou sa tristesse.

Il y a ainsi ce moment fort, et que je veux revivre en elle. J'ai sept ans. Elle m'emmène à Dieulefit, pour me laisser dans une maison de repos. Quatre mois sans elle. C'est dur, beaucoup plus douloureux que cette maladie des bronches qui me poignarde de temps à autre — infiniment moins que l'absence, l'éloignement de ceux que j'aime. Je sais d'avance que ce jour de la séparation est à vivre autrement, loin de ce qu'il représente, à atténuer, à rétrécir. Dans le train vers Montélimar, je suis ailleurs, embarqué dans la lecture de *Crin blanc* que je lis d'une traite, la fièvre aux tempes, jusqu'à cette île douloureuse « où les chevaux et les enfants sont toujours des amis ». Est-ce que j'y mets inconsciemment un peu de ma mélancolie ? Je ne sais pas, car tous les livres et toutes les histoires me brûlent du même feu, que j'ai perdu depuis. Il y a ensuite un car, de Montélimar à Dieulefit. Il pleut, et c'est déjà la nuit. Mon livre terminé, je regarde tout et rien par la vitre embuée. À une halte, cette image : sur un panneau métallique, une cigogne sur fond bleu pétrole, et des mots étranges : potasse d'Alsace.

Madame Dechavane, qui tient la maison de repos, fait plus que m'accueillir. Elle m'assiège gentiment, virevolte, pour me faire oublier Maman dont je sens le regard derrière moi. On visite la maison :

— Tu vois, là c'est ta chambre. Tu la partageras avec Minou, tu sais, le garçon de Lyon, le grand qui a douze ans. Tu veux faire un tour le long du Jabron ?

La salle à manger sent la confiture de prunes et le renfermé. Odeur poisseuse et lourde qui sera celle des jours. Oui, je veux bien aller voir la rivière, oui je veux m'étourdir de cette voix nouvelle, rire des plaisanteries d'une vieille dame adorable qui veut que je l'appelle Mémé Dechavane.

Maman marche derrière nous. Déjà son regard est moins lourd, sans doute, car je ne le sens plus. Beaucoup plus tard, elle me parlera de ce jour-là, de la phrase que lui avait dite Madame Dechavane :

— Laissez-le un peu avec moi seule ; il faut qu'il vous oublie aujourd'hui.

Maman a ramassé un bout de bois près de la rivière. Elle nous voyait de dos, la vieille dame et moi, curieux couple riant trop fort. Le soir, dans le car qui la ramenait vers la gare de Montélimar, elle s'était surprise à retrouver dans ses mains cette petite branche. Trente ans après, je me rapproche d'elle. Je souffle un peu sur son chagrin. La branche qu'elle a ramassée distraitement, dans une après-midi trop blanche à habiter de gestes inutiles... Elle mélange au bord des larmes la pâle satisfaction de me savoir bien accueilli, et sa sagesse solitaire, gonflée de peine pour nous deux. A-t-elle vu la cigogne froide et dure sur le panneau bleu ?

Lorsque je venais en vacances je devais avoir le remords de mes absences, le manque à servir car je garde le souvenir d'un besoin de cirer tous les souliers, de repasser, de faire le ménage. Cela devait durer sept ans.

Renée et les petits frères grandissaient et devinrent vite des adolescents travaillant avec les parents à leur sortie de l'école primaire. Les activités de notre père se transformèrent.

La première maison de Malausse qui n'existe plus, côté petit chemin, fut achetée pour que son jardin serve de dépôt aux planches venues des chantiers avant de les charger, à la gare proche, sur des wagons qui les acheminaient vers les industries clientes.

Lorsque la deuxième maison fut acquise et

habitée, notre père décida que la première, ou du moins son emplacement, deviendrait le support d'un atelier de fabrication de cageots à fruits et légumes. En somme il allait lui même convertir une partie du bois exploité au lieu de revendre les planches.

Quelques années plus tard, la locomobile des chantiers vint rouiller dans un coin du jardin en attendant un acquéreur et on ne fit plus que des emballages.

Pratiquement, on préparait les lattes à l'atelier et des gens du village les assemblaient à domicile, payés à tant le cent de clous plantés.

C'était en somme le début d'une ère nouvelle. Autrefois on installait le chantier mobile dans les plantations de peupliers. Aujourd'hui on coupe les arbres que l'on charge facilement sur les camions modernes avec des grues et on les transporte vers des scieries fixes.

Nous étions en somme des précurseurs.

Maman se trouva partiellement inoccupée dans ce nouveau système. Elle installa une petite épicerie-buvette qui devait marcher en raison de la proximité de l'usine Sabla et de l'éloignement relatif du centre du village. Mais la générosité familiale n'était pas en accord avec ce genre de commerce. Les enfants et leurs copains mangeaient le bénéfice, les amis le buvaient et on ferma vite ce commerce éphémère.

On mit un fermier à la campagne. Au village l'atelier continua un moment avec Aimé, le mari de Renée. Puis ils partirent. Notre père vieillissait. A 70 ans il résilia la petite entreprise et mourut cinq ans après.

Nous avions tous alors depuis longtemps quitté le nid pour vivre notre vie.

C'est un jeudi après-midi, à Sèvres, je dois avoir douze ans. Elle nous emmène au Salon de l'enfance, mon copain Patrick Duché et moi. Mais la route à pied vers la gare rive droite est longue, il y a tant de volées d'escaliers à descendre, remonter… Chemin faisant, nous rencontrons deux enfants de l'école, puis un troisième, qui errent par les rues sans rien faire. À chaque fois elle s'arrête, entame la conversation, et notre troupeau peu à peu grandit.

Je ne sais plus comment j'ai réagi alors. Notre intimité de petits garçons sages se trouvait menacée ; j'ai sûrement boudé un peu l'après-midi ouverte à d'autres enfants que je ne connaissais qu'à peine. Mais Elle, avec quelle jubilation secrète elle a dû vivre cette épuisante après-midi ! Je la revois debout, dans la cohue du Palais de Chaillot surchauffé, un monceau de manteaux, de blousons sur les bras — car il fallait nous libérer, afin que nous puissions participer aux jeux.

Voilà la journée de détente qu'elle savait s'offrir. Le matin l'avait vu précipiter les courses, la lessive, afin de nous offrir l'après-midi. Elle n'a pas changé. Dans ses promenades de retraitée, elle n'a pas sa pareille pour aborder tel ou tel enfant désœuvré, un petit Marocain dont le papa travaille à la Sabla… Les enfants rencontrés se retrouvent souvent dans la chaleur de la cuisine, à faire leurs devoirs sous l'exigeante bienveillance de Maman. Ils viennent quelque temps, puis d'autres les remplacent. Du Salon de l'enfance au chemin de l'usine, elle glane à travers les années les enfances perdues, les heures à réchauffer.

Durant les vacances de Pâques, ma sœur aînée et moi allions parfois à bicyclette passer la journée au chantier en cours du côté de la Garonne.

La locomobile était installée au milieu des peupliers abattus, reliée par une épaisse et large courroie de cuir à la scierie qu'elle actionnait.

Cette machine était essentiellement un énorme ventre de fonte sur 4 roues, avec à une extrémité un foyer dans lequel un ouvrier nommé "chauffeur" jetait à longueur de journée du bois et des briques de coke pour chauffer l'eau et produire la vapeur. A l'autre extrémité le ventre énorme était surmonté d'un appareil bizarre, triangulaire portant deux boules qui tournaient sans cesse indiquant si la vapeur était prête pour le travail.

Et puis, merveille, il y avait un sifflet, à vapeur lui aussi bien sûr, dont le chauffeur tirait la chaîne à midi et à la fin de la journée. Un bruit strident annonçait alors l'arrêt du travail.

Le rôle du chauffeur était très important, réglant la vapeur. il réglait tout le chantier. C'était l'homme de confiance de notre père.

Il y avait ensuite ceux qui abattaient les arbres, ceux qui les dépouillaient de l'écorce à la hache, ceux qui les posaient sur le tablier roulant de la scierie, ceux qui faisaient les baluards (tas de planches de 5 à 6 m de haut). Le travail le plus méticuleux était celui du "déligneur".

C'est Maman qui occupait cette place. Debout, près de la grande courroie qui tournait vite, la main proche de la scie circulaire qui tournait également, elle disposait d'une manette qui lui permettait de régler l'épaisseur des planches à tailler suivant la qualité et la grosseur du tronc de l'arbre. Dès qu'elle avait "donné la dimension", l'arbre était poussé sur le tablier roulant et était débité dans un crissement long et aigu.

La sciure tombait dans une cavité du sol, sous la scie, Les gens des environs venaient chercher des sacs de sciure pour laver leurs carrelages ou garnir leur poêle, gratuitement bien sûr.

En attendant l'heure du déjeuner, les gamelles du repas chauffaient. Chacun, en arrivant le matin avait accroché la sienne au fil de fer qui entourait la chaudière. Quand le chauffeur sifflait midi, chacun prenait son récipient à double fond, l'un pour la soupe, l'autre pour le plat; le dessert était dans la musette avec la bouteille de vin.

J'aimais ce moment où chaque homme arrêtait son travail et prenait sa gamelle. Ils allaient s'asseoir par petits groupes sur des bancs de fortune, le bois ne manquait pas! On mangeait en discutant, en s'interpellant d'un groupe à l'autre. J'aimais ces repas.

Le soir nous ramenait à la maison où les petits frères se précipitaient dans mes bras; j'étais heureuse.

J'ai dix-sept ans. Je reviens du lycée. Je dois avoir en tête le sourire de cette fille brune au regard vert que j'ai croisée, à qui je n'oserai jamais parler. Je monte les cinq marches qui mènent à la maison d'école. Perdu dans ma mélancolie, je vais emprunter l'escalier qui mène vers ma chambre. Mais quelque chose me retient. J'entends, de l'autre côté de la porte. Elle parle dans sa classe. Une leçon de calcul ; il est question de cerises et de partage. Dans la sérénité de ses phrases alenties, le raisonnement semble si simple — mais je n'écoute pas : j'entends. Dans l'après-midi claire arrêtée dans l'espace, sa voix chante au-delà du Calcul la sagesse d'une autre vie, blottie dans le refuge de l'école. Comme la classe est tranquille ! Attentive, sans doute, mais aussi plus que ça : nageant dans un impalpable bien-être, et mélangeant le plaisir de comprendre et celui de se laisser bercer par la voix douce et ferme. J'aime bien les cerises et je suis nul en Maths, mais je retrouve avec bonheur ce temps où le Calcul était facile.

« S'il y a quinze cerises dans l'assiette... » Le rouge sucré des soleils d'été s'endort à l'ombre de l'école fraîche, et le Calcul n'est pas abstrait. Si je ferme les yeux, je peux entendre cette voix, comme ce jour d'il y a vingt ans, derrière la porte espionnant sans remords. Le même sourire involontaire me revient aux lèvres... Avec des partages très justes et des cerises imaginaires, elle fait le monde où les enfants veulent rester toujours, dans la rigueur des jardins arrêtés, dans la tendresse informulée qui fait semblant de passer par l'intelligence...

— Maintenant, ouvrez vos cahiers...

Tout cela ne ressemblait guère à mes journées
de pensionnaire qui revenaient vite.
Les vacances finissaient toujours un dimanche.
En fin d'après-midi, Maman m'accompagnait
à la gare avec ma petite valise de carton
bouilli contenant le linge propre et quelques
provisions pour les goûters.
Quitter les frères et sœurs avait été dur.
Un dernier « au revoir » sur le quai et l'autre
côté de ma jeune vie me reprenait.
Le voyage jusqu'à Castels n'était pas
triste. Il y avait les autres « potaches », filles
et garçons, rentrant vers Moissac, Castels ou
Montauban. Nous nous connaissions tous,
l'ambiance était gaie.
La mélancolie commençait après la descente du

train. Il fallait franchir la passerelle du canal et tout de suite se profilait le bâtiment de l'E.P.S. Je franchissais la porte en somnambule. Il fallait vite poser la valise pour aller au réfectoire, puis ranger ses affaires et se coucher.

C'était un mauvais soir.

Dès le lendemain la vie normale nous reprenait et il y avait de bons moments, des niches, des plaisanteries comme partout où l'on réunit des jeunes.

Notre vie était si réglée que nous ne voyions pas le temps passer. A six heures, la cloche actionnée par la concierge sonnait pour la première fois. Il fallait se lever tout de suite, faire sa toilette en rang d'oignons devant le long lavabo de zinc dans lequel coulaient les robinets d'eau froide.

6h30, tout le monde à la cordonnerie pour cirer les chaussures et ranger son casier. Gare à qui y manquait!

7h, le petit déjeuner.

7h 30, les surveillantes prenaient leur carnet et distribuaient les punitions - (100 lignes de copie pour qui avait un lit mal fait, un peigne sale, des souliers mal cirés ou pour qui avait parlé dans les rangs) -
Puis chacune partait s'acquitter de sa "charge": le balayage d'un dortoir, d'un escalier, d'un couloir, le nettoyage des lavabos ... etc ...
Le ménage de l'internat était fait par les élèves.

Seules les classes avaient droit à une femme de ménage et les poêles à charbon des classes en hiver à une pauvre femme qui s'appelait Génie, que chaque professeur envoyait chercher par une élève lorsque le poêle de sa classe fumait ou chauffait mal. Elle faisait des pieds de nez derrière le dos des professeurs et riait avec nous.

A huit heures, nous allions dans la salle d'études préparer notre serviette de classe de la journée. Nos livres et cahiers étaient dans une demi table d'écolier à pupitre ouvrant et dans un casier au mur pour chacune de nous.

Nous faisions un petit tour dans la cour, les externes arrivaient et nous apportaient la plaque de chocolat commandée la veille, la correspondance clandestine qu'un collégien leur avait remise, le tout dans le mystère et la discrétion.

à 8h30 venait la cloche annonçant le début des cours.

La journée de classe et l'inter-classe passaient vite.

A 16h30, les externes parties, c'était la bonne soirée des pensionnaires qui commençait. Les surveillantes s'installaient sur la porte du réfectoire avec une grande corbeille et distribuaient des morceaux de pain; puis elles ouvraient "la salle de provisions", local dans lequel chacune de nous avait une petite caisse fermée d'un cadenas. (3 clés pendaient à la ceinture de blouse de chaque pensionnaire: une pour les provisions, une pour l'armoire à linge, une pour le pupitre) —

dans laquelle se trouvaient des confitures, du

chocolat, du saucisson, des fruits secs, droit venus de chez nous.
La salle ne nous était ouverte que pour le goûter.

A 17 h. nous allions en étude jusqu'à 19 h. Là nous faisions notre travail scolaire et prenions le temps de rêver mélancoliquement en entendant les gammes de celles qui jouaient du piano et allaient travailler à tour de rôle dans la classe de musique proche de l'étude. C'était triste et doux à la fois.

« C'était triste et doux à la fois... » Je trouve avec un plaisir mêlé de vertige ces mots que j'attendais. Plaisir, car c'est la clé de ce regard noisette un peu voilé dont je me sens tout proche, et qu'il m'arrive quelquefois de rencontrer quand je me vois dans un miroir. Vertige de pénétrer ainsi si doucement dans cette adolescence, au point de sentir basculer le temps. Je n'ai jamais connu la mélancolie des pensions, le dévouement pour les petits frères, mais il me semble cependant qu'il s'agit de moi-même ; c'est mon adolescence en mieux, en plus grave, en plus large...

Je touche ce papier à lettres bleu. J'entends surtout ces notes de piano, prolongées par l'écho d'une salle de classe, ce vague à l'âme étonnant et docile, curieusement mené par la répétition des gammes les plus banales et des plus approximatives interprétations de *La Let-*

tre à Élise ou du *Gai Laboureur*. Sur l'ennui des provinces, et les petites prétentions des presque bourgeoisies d'avance surannées, c'est un moment très vrai de pure poésie, pourvu qu'on ait treize ou quinze ans, quelques images à perdre au fond de soi, quelques rêves si vagues à dessiner au cadre des fenêtres. Elle n'est pas de la ville, et la tristesse séculaire des notes de piano fait lentement bouger tout le meilleur de Brétounel, les gestes de tendresse et ce mouvement d'eau : gaieté de la Saudèze, ample courbe de Garonne à Camparol, ce sont des chemins qui s'enfuient. Elle pourrait presque les toucher, mais quand dans l'étude assoupie le silence succède au dernier accord aigrelet, il fait doux et triste, et tant mieux si le soir n'en finit pas...

Je suis heureux qu'elle ait écrit ces mots, qui m'ouvrent pour toujours une autre image de sa vie, clairière adolescente où je pénètre, un peu surpris d'avoir vécu d'avance tout cela, à travers des sourires, des gestes de plus tard. Au-delà de tout ce qu'elle m'a donné depuis, c'est comme une amitié en plus, un partage du temps, bien en deçà du mien. Pouvoir de ces mots rapprochés, des regards prolongés... Elle dit souvent qu'elle a aimé chacun des âges de sa vie, que chacun avait sa beauté, son mystère. Cela pourrait rester pour moi une belle phrase abstraite. Je n'y trouverais pas ce talent du bonheur, ce goût de la mélancolie qui passe un peu de brume dans ses yeux. Mais elle a pris beaucoup plus tard un cahier de mémoire, un stylo pour griffer le temps. Elle a refait les soirs d'adolescence, alors tout est possible, et je découvre enfin qu'elle était là quand à mon tour j'ai eu seize ans, dans le silence d'une école et quelques notes de guitare égrenées.

C'était au Pecq. En sortant de l'appartement, il suffisait de descendre l'escalier ; en bas, à droite, une petite porte ouvrait directement sur sa salle de classe. Quand les enfants étaient partis, les maîtres, les femmes de service, je venais me glisser dans le silence de l'école. J'avais seize ans, dix-sept... C'était le mercredi après-midi, le dimanche à cinq heures, ou les soirs de semaine. Je prenais ma guitare, et m'asseyais sur une table d'écolier. J'aimais l'odeur, la craie, l'encre mêlées, bien sûr, et quelque chose d'un peu âcre avec le soir qui tombe. Ce n'était plus la classe d'une année, de tel ou tel enfant, mais l'enfance elle-même flottant dans sa maison. J'osais jouer, chanter un peu plus fort ; personne ne pouvait m'entendre. Toujours vaguement amoureux, j'éprouvais le plaisir et la tristesse confondues de chanter assez bien pour séduire l'absence.

Les notes de guitare montaient plus haut dans ce décor. Je le sais aujourd'hui : tous mes arpèges lancinants retrouvaient quelque part des notes de piano. Sous l'apparence fastidieuse de la répétition, les notes dépassaient le champ de leur pouvoir ; à défaut d'apprivoiser des chemins de musique, elles mettaient en rumeur des ondes de mémoire informulées. Je croyais être dans la classe de Maman, dans l'espace de sa tendresse d'enseignante à cheveux blancs — et, sans le savoir, je la rejoignais par le vague du rêve et la mélancolie au creux d'une autre école, au seuil d'adolescence.

Les notes ne se perdent pas, les gouttes d'eau, les bulles de savon… Je crois qu'il faut d'abord aimer, et puis prendre le temps d'écouter, regarder. Un jour les choses se rencontrent, le temps et l'espace s'effacent — il y a tant de miracles à rencontrer.

Le travail achevé, il nous restait parfois du temps pour lire ou écrire une lettre, en cachette, car il n'y avait droit de correspondance qu'à l'étude du jeudi matin et à celle du dimanche matin. Les lettres faites aux heures officielles étaient posées sur le bureau de la surveillante qui portait tout le paquet à la poste; les autres étaient remises aux externes.

A 19 h. la cloche du dîner nous arrachait de nos pupitres et nous prenions, en rang, le chemin du réfectoire.

Chacune occupait la même place pour une année. Les tables étaient d'une douzaine de filles avec un chef de table (élève de la dernière année d'études). Dès que le plat était là, porté par l'une des employées de la cuisine, on entendait: "Faites passer" et les assiettes défilaient avec les petits incidents de parcours qu'on imagine.

Le repas terminé, nous entrions dans le meilleur moment de la soirée.

De 19h à 21h c'était la grande détente.
On se réunissait par groupes d'amies. Si c'était la belle saison, nous marchions d'un bout à l'autre de la cour en nous donnant le bras par groupes de quatre, six. Pour ne rien perdre de la conversation nous nous mettions face à face par deux ou trois, les unes avançant, les autres reculant, inversement dans l'autre sens.

Quand il pleuvait et durant l'hiver, la soirée se passait en salle de récréation. Il manquait des bancs et si on n'arrivait pas parmi les premières on s'asseyait par terre le dos au mur pour bavarder ou jouer à des jeux de société.

Dans un coin de la salle il y avait un piano dont une élève musicienne avait le droit de jouer et nous apprenions à danser entre nous.

A 21h venait l'heure de la toilette et du coucher. Au cours de ces soirées il m'est souvent arrivé de m'éloigner dans la cour des classes primaires, même par temps froid et de m'asseoir dans un coin pour rêver en regardant les étoiles.

Pour rêver à la maison, aux vacances, à l'avenir, les dernières années au correspondant que je ne reverrais qu'aux prochaines vacances.

Quelques ombres bougeant çà et là indiquaient que nous étions trois ou quatre à fuir un moment le groupe pour jouir d'un peu de liberté.

Cela dura jusqu'au brevet élémentaire et au brevet d'enseignement primaire supérieur section commerciale auquel s'ajoutèrent un diplôme de sténographie et de dactylographie.

Après commencèrent les années de brevet supérieur qui marquèrent une étape dans la vie de pension. Nous étions plus libres d'évoluer dans la maison et dans le parc que dans les classes précédentes.

Les cours de français, de mathématiques, de sciences, de langues furent complétés par des cours beaucoup plus passionnants pour moi de psychologie, de sociologie, de pédagogie, de morale appliquée à l'éducation.

Nous allions en stage dans les classes primaires annexées ; nous nous préparions à devenir institutrices.

Si nos parents en faisaient la demande, nous avions le droit de correspondre avec un éventuel fiancé. S'il s'agissait d'un normalien c'était très bien accueilli...

C'est ainsi que je fréquentais un normalien de 3e année vite devenu instituteur et que Papa devint mon correspondant officiel. L'examen de 3e année terminé, les vacances passées, nous nous mariâmes en septembre 33.

Toute la vie de pension fut bien coupée pour moi par les sorties. Le jeudi de treize heures à dix sept heures et le dimanche de onze heures à dix sept heures mon oncle ou ma tante venaient me prendre en signant le registre des sorties. Parfois, le jeudi, je ne sortais pas ou, exceptionnellement, le dimanche quand tante et tonton avaient à se déplacer. Je participais alors à "la promenade".

Cette promenade des pensionnaires ne manquait pas de charme. Nous partions en rang par deux, une surveillante en tête de rang, une en queue, une au milieu.

Dès que la campagne était atteinte, le rang se disloquait. Nous cueillions des fleurs au printemps pour mettre un petit bouquet sur nos pupitres. Notre Directrice abhorait cette coutume qu'elle appelait nos " mois de Marie ".

Dès que nous avions quitté la ville, arrivait derrière nous, un immense panier au bras, la marchande de gros beignets gras. Elle se postait vers l'école à l'heure de la sortie et suivait le rang de loin jusqu'à sa dislocation. C'était un grand amusement.

Quand la promenade nous conduisait vers le quartier de l'usine, vers Gandalou, nous entrions dans les petites épiceries pour acheter des friandises; moi, j'achetais des câpres, j'adorais cela.

Nous rentrions en rang pour l'étude de dix-sept heures.

Ces sept années me laissent au total le souvenir d'une bonne période de l'existence. Malheureusement ce sont celles où la vie familiale alla le plus mal chez nous. J'étais gênée d'être la privilégiée.

— Tu es beau. Les filles te regardent.

J'entends encore la phrase, et je revois le jour. C'est sur la place de la Poste, à Saint-Germain. Nous allons à la gare, à pied. J'ai mis ma veste beige, mon pantalon de tergal gris. Je dois marmonner une vague réponse en devenant tout rouge. La fierté qu'elle a de me voir porter des vêtements de qualité lui fait surestimer mon pouvoir de séduction.

La qualité des vêtements a toujours pris chez elle une dimension morale. En ce qui la concerne, cette notion de qualité s'allie à une longue austérité dans la consommation. Une très jolie veste de laine rouge ouverte, mais la même pendant vingt ans, et de même pour les manteaux, les blouses, les chaussures. Pour moi, elle se fait plus gâcheuse :

— Tu es grand, maintenant. Il te faut un vrai blazer d'adolescent, coupé par un tailleur.

La qualité légitimise ses achats les plus inattendus, allège sa conscience autant qu'elle alourdit le budget consacré aux vêtements.

— C'est quand même autre chose qu'une veste de Prisunic…

Qualité prodigue pour les autres, et pour elle réduite à de jansénistes proportions. Comme elle a joliment toute sa vie tenu cet équilibre ! Le plus souvent j'ai trouvé ça normal, ou je n'en ai rien vu.

Le 2 septembre 1933 vit notre mariage. Il se passa fort simplement. Le repas fut pris sous le hangar, à la place du ballet actuel.
Il fut préparé et servi par deux voisines.
Nous étions vingt et un : la famille, tante, tonton et Jeannot, Georges et Mélina. Pépé et Mémé de La Béniche, Lucien, Lucie et Fernand, Emma et Aimé, mon amie et témoin Odette Bonhoure, venue de Montauban, l'ami et témoin de Papa, Maurice Seguin, venu de Valence.

Notre première nuit se passa à Castels dans ma chambre habituelle, au deuxième étage. tante avait mis des fleurs.

Le lendemain, tonton nous offrit d'aller passer la journée à Saint-Ferréol où se produisait la musique, de grande renommée, de la Flotte. Brave tonton ! Il nous offrit le déjeuner, les rafraîchissements... Dans l'après midi il perdit son porte-feuille avec argent, permis de conduire, papiers d'identité, mais ne nous en dit rien. Je l'ai su par tante bien des années après.

J'ai rarement trouvé chez d'autres cette délicatesse à épargner aux proches le partage de ses soucis, à laisser à un enfant l'appréciation de ses fautes tout en lui laissant la certitude d'être aimé.

La rentrée scolaire de Papa se fit à Puycornet, dans une école à deux classes jointe à la mairie. L'église était à trois cent mètres, il n'y avait pas de village. Les élèves venaient des fermes dispersées, tous fils d'agriculteurs.

Les classes étaient au rez-de-chaussée, les logements au-dessus. Chacun comportait trois trop grandes pièces : une cuisine, une salle à manger, une chambre.

J'y passais mes journées à faire du ménage, à coudre pour embellir un peu nos trois pièces, à faire mes vêtements, à lire.

J'improvisai une coiffeuse avec une caisse recouverte jusqu'au sol d'un tissu bleu ciel à fleurs jaunes dont je fis aussi un dessus pour le petit lit de la salle à manger et un tablier pour moi.

J'écoutais la voix des élèves et des maîtres qui montait et scandait mes journées.

« Au- tre- fois, le rat des vi- lles
In- vi- ta le rat des champs
D'u- ne fa- çon fort ci- vi- le
A des re- liefs d'or- to- lan.... »

chantait en chœur la classe des petits.

Je faisais la cuisine sur le feu de bois dans la cheminée. Au printemps nous achetâmes une belle cuisinière à charbon en émail bleu pervenche.
J'appréciai ce confort et j'en eus grand soin.

Notre petite lessive suffisait à tarir la pompe de l'école au sommet de cette colline. Je devais aller rincer notre linge dans une mare au milieu d'un bois proche où j'avais peur. L'hiver je dus casser la glace pour atteindre l'eau.

L'année suivante Papa fit son régiment à Montauban. Je la passai à Castels. Je m'occupais de Jeannot que j'aimais tant ; je tenais compagnie à "Grand'Mère", la mère de Tonton, infirme qui occupait au rez-de-chaussée la pièce devenue par la suite le bureau de Tonton et plus tard la salle des dessinateurs de Jeannot. Cette femme était intelligente, délicate et très bonne. Elle ne se plaignait jamais de son état, s'accommodait des soins que lui prodiguait la vieille Marie, une employée qui venait chaque jour faire sa toilette, l'installer dans son fauteuil, faire le ménage de sa chambre.

"Raconte moi ce que tu as vu en ville" me disait-elle quand je revenais de faire quelques courses. Elle me contait quelques chers souvenirs : comment elle et son mari couchaient leurs jeunes enfants de bonne heure et se donnaient ainsi le loisir de se blottir dans un coin de leur cheminée pour lire l'œuvre de Victor Hugo. Elle lisait encore beaucoup.

Elle touchait une très modeste retraite et chaque

fois qu'elle la recevait : "Ah! Marie à qui allons nous faire un cadeau cette fois!"
C'est ainsi que j'eus une très belle cravate de fourrure dont Claire a encore un petit morceau en tour de cou.

La vieille Marie était aussi la laveuse de la maison. Le linge que Papa apportait le dimanche et le mien étaient lavés avec celui de la famille.

Que de bontés nous avons reçues dans cette maison!

Maman m'a vu devenir écrivain. C'est peut-être un peu niais, vaguement ridicule, mais qui m'enlèvera cette fierté ? Chacun a sa morale. La mienne a pris la forme de ces mots dont je bleuis la page, avec en filigrane le seul pouvoir dont je sois sûr, ce talent pour goûter le jour que d'autres m'ont donné — il faut m'en délivrer.

Longtemps, j'ai cru que ce serait trop tard. Tous les deux ou trois mois j'envoyais par la poste un manuscrit qui me revenait, à peine lu souvent, parfois à peine ouvert. Je savais toute la brûlure qu'il m'avait coûtée, toute l'enfance que j'avais cru y enfermer. Pendant ce temps, je feuilletais des magazines, des volumes tout neufs chez les libraires. J'en ai vu défiler, le cœur serré, des livres de petits copains, de fils de Truc, de nièce de Machin, d'inutiles premiers romans que ne suivrait jamais la moindre ébauche d'œuvre. Je n'étais pas amer, car j'étais malheureux. Et pendant tout ce temps Maman semblait quitter la vie, fuir à l'avance ce bonheur impossible que je ne savais pas donner. Modestement, je me sentais capable d'amorcer plus tard une œuvre immense parce que celle qui vous avait donné le jour ne serait plus là — capable seulement parce que ce serait trop tard.

Au plein cœur de sa *Recherche*, Proust a pu dire : « Si j'étais sûr de retrouver ma mère dans la vallée de Josaphat ou ailleurs, alors je voudrais mourir tout de suite. » Quel fascinant pouvoir de ce « trop tard » qui donne tout d'un coup la clé de l'œuvre et la réduit en même temps à un succédané : le livre, c'est tout ce qu'on n'a pas su être pour sa mère.

Le théorème semble un peu abrupt, mais bien des pages le confirment :

« En mon vieil âge, je retourne vers toi Maman morte, et c'est mon pauvre bonheur de te faire vivre un peu encore avant de te rejoindre bientôt, c'est ma lamentable magie et mon pauvre truc pour ne t'avoir pas entièrement perdue, Maman morte à qui absurdement j'aime parler, Maman morte à qui absurdement je veux raconter des jours de mon enfance. »

Ainsi écrit Albert Cohen au seuil de ses

Carnets, à la fin de sa vie. L'auteur du *Livre de ma mère* pouvait-il autrement tirer le voile ? Mais Paul Léautaud, livré à une mère si dérisoire, si légère, lointaine, si doucement cruelle, abstraite et vaguement incestueuse, Paul Léautaud, aux antipodes de Cohen, aussi éloigné qu'on peut l'être de la tendresse et du sucré, n'en fait pas moins tenir ses mots dans l'ombre de l'absente :

« Ah ! Quelles pages j'écrirai quand elle mourra, moi qui suis si fort sur les funérailles. »

D'absence trop présente ou bien de présence évanouie, c'est d'elle qu'ils écrivent et que j'écris. Maman m'a vu devenir écrivain. Elle a touché ces étonnants parallélépipèdes rectangles où j'ai fait tenir le bonheur. Elle a pu voir des articles dans les journaux, quelques photos… Mais le tourment s'enfuit vers l'horizon-vertige : le vrai livre que je peux faire, je ne l'écrirai pas tant qu'elle est là — car il faut être malheureux pour le grand livre.

Octobre 1935 vit notre départ pour Bezons (Seine-et-Oise). La pléthore de personnel enseignant en Tarn-et-Garonne nous y poussa.

Je travaillai tout de suite à plein temps dans cette localité à très forte densité de population scolaire. Deux salaires améliorèrent notre situation et nous fûmes heureux d'acheter meubles, radio, aspirateur...

Renée qui souffrait à Malause vint passer avec nous la deuxième année de Bezons, comme Georges avait partagé celle de Guycornet.

Au printemps 37 j'eus une pleurite causée par l'insalubrité d'une horrible classe. 75 élèves de cours préparatoire dans un local tout en profondeur, improvisé en cloisonnant un préau. Il ne s'aérait qu'à une extrémité par une porte vitrée. Je changeais les enfants de place tous les jours, le fond du local était irrespirable. Le docteur me dit la nécessité impérieuse d'aller vivre à la campagne. C'est ainsi que nous avons demandé à l'Inspection Académique de Versailles un poste dans ce sens pour raison de santé, sans aucune condition.

C'est ainsi que nous tombâmes à Saint-Martin des champs et Esmoy en octobre 37

Jean-Claude s'était annoncé entre temps, il naquit le 7 Mai 1938. Ce fut un bien beau printemps. Rien n'était trop beau pour notre petit prince. Il eut un lit et une commode de chez Francia!

Ce fut une bonne année d'école rurale avec les avantages de bon air, de jardin, d'agréables voisinages, d'amis proches.

Malheureusement la guerre nous y surprit C'était l'été 39, Simone devait naître mi octobre

Tante, Tonton et Jeannot étaient chez nous quand la mobilisation approcha. Tonton expérimenté dit « C'est pour tout de suite. Il faut que nous partions pour embrasser Emile avant la mobilisation. »

Ils nous quittèrent tristement. C'était aussi la fin des vacances.

Nos amis Charpentier furent admirables. Le jour du grand départ ils étaient à l'école près de nous: « Partez tranquille, Monsieur Delorm, ils ne seront pas seuls. » Papa s'éloigna sur la route vers le village, un dernier signe de la main au tournant et je me retrouvai avec eux mon petit bonhomme de seize mois et le bébé qui arrivait. En fin d'après midi les Charpentier repartirent vers leurs travaux. J'étais seule à l'école avec mes petits, la guerre commençait.

Les suppléantes ne suffirent pas à remplacer les instituteurs. Je regroupai à Saint-Martin les enfants de deux communes et ce fut une rentrée bien spéciale.

Les premiers réfugiés ~~belges~~ arrivèrent tout de suite. Il fallut les accueillir : j'en couchai sur des couvertures dans la petite salle à manger, dans l'entrée, je donnai le vélo de Papa à une famille désemparée pour porter leurs petits. Ils partirent vite pour se réfugier plus loin en France, en particulier dans le Sud-Ouest.

Le 10 octobre, la conférence pédagogique réunit à Mantes les institutrices du canton et quelques vieux instituteurs ayant repris du service. L'Inspecteur me dit : « J'ai vu passer votre congé de maternité au bureau depuis bien des jours. Je vous interdis d'ouvrir la porte demain matin. Je mis un papier sur la porte de l'école en rentrant et Simone arriva le 19.

Mémé nous rejoignit avec beaucoup de mal par des trains impossibles qui passèrent par Nantes. Elle voyagea deux jours et une nuit!

Madame Charpentier passa près de nous le jour de la naissance. Son mari courut chercher docteur et pharmacie.

Le matin, Simone était dans le deuxième petit lit rose auprès duquel Jean-Claude passait tous les soirs précédents en disant : "A pas tchen tchen tchen" (Il n'y a pas de petite sœur). Nous ne parlions que de cette petite sœur tous les deux, aussi elle nous combla et il n'en fut pas jaloux. Dès qu'elle pleurait il entassait ses jouets sur le lit du bébé et se désolait de l'inefficacité du sacrifice.

Mémé resta quelques semaines près de nous, puis dut repartir.

Papa était dans un "groupe de reconnaissance" donc à l'avant pour préparer le terrain, installer les lignes téléphoniques.

Les permissions militaires ne furent pas tout de suite organisées, il ne put venir voir sa petite fille qu'à Noël.

Les lettres arrivaient, nous guettions la factrice.

Je lisais les lettres à Jean-Claude et tentais de les lui expliquer. C'était devenu son conte de fées.

Il avait des gestes que je n'oublierai pas. Il s'asseyait près de moi sur une chaise, une main sur chaque genou, se secouait un peu et disait : « Sale Papa. Pale Papa » (Parle de Papa). Dès qu'il voyait une bicyclette, la factrice, une enveloppe, il disait « Papa ». Il parlait à peine.

L'hiver 39.40 fut très froid. Je le passai le mieux possible avec mes deux poussins, allumant et entretenant la cuisinière, un poêle dans la salle à manger, un dans la classe, un dans la chambre. Le soir, quand mes deux bébés étaient couchés pour la nuit, je corrigeais les cahiers des élèves et préparais la classe du lendemain dans la toute petite chambre, jouxtant la grande que je partageais avec eux. D'un peu loin, par la porte ouverte, je voyais leurs lits et entendais leur respiration, la lampe ne risquait pas de les éveiller. C'était un bien bon moment.

Yvette, Claude et Jacques Charpentier rentraient mon bois de chauffage le soir, avant de quitter l'école.

Dès que je disposais d'un moment je mettais les deux petits dans le landau, Simone couchée, Jean-Claude assis sur une planche vers moi et j'allais les promener dans la campagne en faisant une halte à la ferme.

« C'était un bien bon moment. » Souvenez-vous du début du *Grand Meaulnes*, de ce chapitre « Après quatre heures » où François Seurel décrit sa solitude d'avant Meaulnes, le soir, dans le cabinet des archives « plein de mouches mortes, d'affiches battant au vent », embarqué dans la lecture de *L'Île au trésor* ou des albums de la Bibliothèque du Petit Français illustré. Je revois encore ce professeur de la faculté de Nanterre insister sur le caractère lugubre du décor, pour souligner le contraste avec la fête de chaque soir, quand Meaulnes vient. L'ennui, c'est que, quelques phrases plus loin, le narrateur précise : « Mais quelqu'un est venu qui m'a enlevé à tous ces plaisirs d'enfant paisible. » Plaisirs, le mot est là. Il s'agit bien d'une lumière amenuisée jusqu'à la tombée de la nuit, d'un lecteur installé sur une vieille bascule inconfortable, de couleurs plus qu'austères agrémentées de courants d'air. Mais ce sont des plaisirs, et qui ne les voit pas ne peut sérieusement s'embarquer dans *Le Grand Meaulnes* — ni dans un autre livre, puisque le plaisir vient ici du voyage en lecture, qui n'abolit pas le cadre où celle-ci se déroule, mais le transforme, lui donne un peu de sa magie, et le mêle dans la mémoire aux personnages et à l'aventure elle-même. Voyage et immobilité : il faut les deux pour le plaisir de la lecture, et pour tous les plaisirs peut-être.

La description que fait Maman de cet hiver glacial de 1939 n'annonce pas davantage la petite phrase qui la suit. *C'était un bien bon moment.* Il y a bien sûr la paix du soir, l'ample respiration des enfants endormis, avec cet abandon des tout premiers sommeils. Il y a le rite des cahiers à corriger, dans le rond d'une lampe, le rassurant chemin de l'encre au fil des lignes, le simple plaisir de toucher ces objets du savoir, d'autant plus sensuels qu'ils mènent à l'abstraction. Mais Papa est parti pour le front, dehors il fait très froid, la vie du poêle et la chaleur ne dépendent que d'Elle, de son élan pour inventer le jour, pour resserrer la vie du soir au creux d'une maison. Tous les trois sont blottis dans la chambre la plus petite. Il est neuf heures, ou davantage ; le temps ne peut plus rien contre ce courage du jour, il ne peut plus avoir l'aigu, le tranchant du destin. C'est du temps pur qui l'enveloppe doucement, comme une écharpe de confiance née de presque rien. Temps arrêté qui danse sous la lampe, et fait de la fragilité la boule de cristal où tout devient plus clair et plus léger. Comme Malause est loin, et loin cette frontière incertaine où Papa se déplace. Mais dans la nuit d'hiver, l'espace aussi se glace, et le vertige est presque rassurant. Il n'y a plus rien de vrai que la chaleur et le sommeil, les gestes pour border les draps, poser la main sur des tempes d'enfant, écrire dans la marge des cahiers, apprivoiser tout ce qui reste à espérer. La neige protège bien les fleurs, elle peut garder l'idée secrète du bonheur. Dans l'infini capitonné de la plaine de Saint-Martin-des-Champs, je n'entends plus qu'un souffle régulier, pacifiant. Deux enfants rythment le silence et voyagent sans peur. Si ce jour-là est presque bon, il y aura des jours meilleurs.

Papa écrivait qu'ils se repliaient peu à peu, vivant dans les villages, parfois avec les habitants, parfois dans une maison vide dont les occupants avaient fui.

Les dernières nouvelles vinrent de Saint-Avold en Moselle, près de Forbach.

La débâcle de 40 nous atteignit aussi. La radio nous répéta pendant plusieurs jours que les Allemands étaient à Forges-les-Eaux (Seine Maritime). Cette stagnation nous étonnait.

Les soldats d'Afrique du Nord montèrent à la rescousse de notre armée en déroute. Les pauvres diables étaient fanatiques, ils allaient se faire massacra pour rien.

Une nuit, j'entendis un grondement vers Elleville. Je me précipitai à la fenêtre. C'était un régiment algérien qui dévalait la côte avec ses mulets. Ils investirent le village. J'en avais dans la cour. (Comme chacun sait, les deux seules raisons pour lesquelles les écoles doivent servir à d'autres fins que l'enseignement sont les élections et la guerre !). Ils me demandaient les pensées du jardin pour mettre dans les lettres de leurs femmes ou de leurs fiancées. Je dus loger un officier dans la chambre de bonne inoccupée. Le soir il laissait une traînée de parfum dans l'escalier en allant se divertir à Mantes.

Très vite ils partirent vers le front.

Notre tour vint d'avoir peur.
Les gens du village parlèrent de fuir avant l'arrivée des Allemands et ils partirent à l'aventure, grossir ces convois de réfugiés qui gênaient le mouvement des troupes.

Les Charpentier voulaient m'entraîner mais je crus ne pas devoir quitter l'école tant qu'il y avait quelques enfants. Je dis à mes amis : "Partez ne mettez pas vos enfants en risque pour nous."
Ils partirent. Le lendemain je vis arriver mon amie, institutrice à Rosny avec sa mère, son fils et ses deux neveux. « Il faut partir Marthe. »
Je remplis donc notre voiture du principal, les enfants derrière et nous voilà parties sur les routes de France l'une derrière l'autre.
J'ai souvent raconté la tétée de Simone dans un fossé, Jean-Claude mangeant près de nous.
au bout d'un instant arriva une colonne anglaise bientôt survolée par des avions allemands. Les soldats me faisaient signe de partir mais la voiture ne démarra pas.

Ils me remorquèrent jusqu'au pont de

Blois et essayèrent la nuit de réparer notre véhicule. J'ai passé cette nuit dans un café, Jean-Claude et Simone couchés sur une table, retenus entre mes bras tandis que les soldats buvaient et chantaient. Quel voyage!

Au jour nous sommes repartis mais la bielle n'accepta de faire que vingt kilomètres de plus.

Madame Ville ne me voyant plus, rebroussa chemin. Je laissai la voiture à Contres dans un garage avec tout ce qu'elle contenait. Nous nous entassâmes dans celle de Ville et arrivâmes ainsi à Castelsarrasin.

Tante nous accueillit. Tonton et Mémé étaient partis le matin même pour venir nous chercher à Saint-Martin...

Deux jours après ils arrivèrent avec la famille Mamet, des amis de Saint-Martin qui n'avaient pu fuir faute de moyen de transport. A l'école ils furent atterrés de nous savoir partis. Mémé saisit le grand cheval à roulettes en carton-pâte de Jean-Claude et le rapporta à Castels.

où était Papa ! Il n'était plus question de recevoir des nouvelles. Un jour une lettre arriva à Castels disant qu'ils étaient repliés dans le Massif Central.

Madame Ville et moi sommes allées la voir ; elle ne savait pas encore où était son mari. Quelques semaines ont passé Rue Lebrun avec cette maisonnée. Les Mamet avaient rejoint par le train leur famille en Auvergne.

Madame Ville et moi avions envoyé notre adresse à l'Académie de Versailles. Erreur de jeunesse ! Nous avons reçu l'ordre de réintégrer notre poste tout de suite.

Mon amie et les siens repartirent en voiture, nous par le train.

Je débarquai devant la gare de Mantes après avoir emprunté le métro à Paris pour changer de gare... Simone sur un bras, de l'autre main une valise à la poignée de laquelle j'avais attaché la main de Jean-Claude...

Devant nous, tout le quartier était démoli par les bombardements. J'entrai dans un bistro

de fortune pour faire boire les enfants.
Jean Claude souffrait vraiment de soif. Il prit son verre de limonade à deux mains ; entre deux gorgées il disait : "A bon ! A bon !"

Nous étions à douze kilomètres de Saint-Martin-des-Champs. J'interrogeai un passant. Il me dit que tout était réquisitionné par les Allemands. Il connaissait un jardinier qui avait un cheval au bout de la ville, peut-être accepterait-il de nous porter...

Un peu plus loin j'avisai deux officiers allemands et, à bout de force, je leur expliquai mon cas. Ils nous firent porter en voiture par un de leurs chauffeurs.

Voilà comment je retrouvai mon école ouverte, tout en l'air, les soldats y avaient logé.
Il n'y avait au village que le vieux Nicolas, domestique à la ferme Bazonnet. Il n'avait pas voulu quitter ses vaches. Il allait chercher du pain à Septeuil. Grâce à lui nous avons mangé des tartines de beurre et ce qui restait au jardin. Les habitants sont vite

revenus et la vie a repris.

Papa fut démobilisé. Il alla à Contres chercher la voiture, mais elle n'était plus là.

Il trouva ce qu'elle contenait, soigneusement déposé chez une épicière voisine du garage, avec notre adresse sur la plaque d'identité obligatoire alors. Il fit des colis qui revinrent à Saint-Martin quelques jours plus tard.

Il reprit sa classe à Esmoy. Nous étions en zone occupée mais nous vivions, c'était beaucoup.

Ainsi passa l'année scolaire 40-41.

Jean-Claude était un enfant si vivant, si gai, Simone une si jolie petite fille, ils mettaient de la lumière partout.

Leur fraîcheur, leur innocence m'ont beaucoup aidé à traverser la guerre.

La petite Marthou que Monsieur Belmont apostrophe quand elle vient pour ses sabots, l'adolescente si doucement triste dans la répétition des gammes de piano, la jeune femme courageuse de Saint-Martin-des-Champs, ces pages les font naître, une à une, détachées. Je ne pense pas : c'est la même. Ce que j'aime, c'est regarder d'un peu loin ces images parallèles encadrées par le temps. Une seule aurait suffi, mais comme la suivante lui va bien, comme elle est jolie de se ressembler, à chaque fois si différente avec un presque rien, le voile dans les yeux qui fait la gravité sereine du regard. Je comprends un peu mieux ce qu'elle dit sur les âges de la vie. C'est vrai qu'à chaque arrêt, à chaque image, elle semble tout à fait complète, que l'idée de désir ou celle du remords glissent sur elle et ne la tirent pas vers hier ou demain. La leçon est facile : il y a toujours une plaine de neige à habiter de sa chaleur, une vitre pour la buée, une page à écrire. Petite fille, adolescente, jeune femme ou grand-mère, elle est dans chaque page tout entière : mes mots n'ont plus la fièvre à rencontrer les siens.

Nous quittâmes Saint-Martin pour Chaponval en octobre 41. Simone avait tout juste 2 ans.

Ce fut un renouveau salutaire qui devait être de courte durée. Michèle naquit le 2 novembre 1942.

C'était toujours l'occupation. Les restrictions s'installèrent avec les cartes d'alimentation, les queues pour des quantités minimes de nourriture.

Jean-Claude et Simone portaient, comme nous tous, des galoches à semelles de bois. Les leurs étaient grises et rouges pour le dimanche, marron les autres jours. Ils avaient des tabliers que je faisais tailler par une vieille couturière dans du tissu trouvé au marché noir dans un village voisin. Je taillais la lingerie de chacun dans des draps. Tout à l'avenant

Les soldats allemands occupèrent la cantine de l'école pour surveiller le pont de chemin de fer sur l'Oise à cent mètres de là.

A cet endroit la ligne de Creil traversait l'Oise et par elle transitait le matériel de guerre.

L'aviation anglaise vint bombarder ce pont.

Ce furent les longs moments à la cave tantôt avec les élèves et les trois enfants que la bonne descendait vite, tantôt en famille seulement.

Jusqu'au jour où le danger fut tel que Papa dit: « Vite, à la cave en face. »

C'était une petite carrière dans le coteau. Nous y fûmes pour la soirée et la nuit murés dans le noir. Le récit de cette nuit d'épouvante je l'ai souvent fait et ce qui s'en suivit: le partage de la vie dans les grandes carrières avec les habitants du village, le temps passé dans une maison que le maire, M. Aubert, réquisitionna pour nous à Auvers.

C'était en Mai 44.

Comme un malheur n'arrive jamais seul,

Papa fut appelé pour le travail obligatoire en Allemagne puisque son école était fermée pour cause de bombardement.
Notre Inspecteur cependant justifia à la Komandatur que nous étions désignés pour enseigner au camp de Vallangoujard où étaient repliés les enfants de Pontoise.

Nous allâmes donc à Vallangoujard, sur la route de Beauvais, après Pontoise, l'été 44.

Nous habitions une résidence secondaire de Parisiens, réquisitionnée dans le village. et passions la journée au camp installé dans une grande maison bourgeoise avec un parc.

C'est là que nous trouva la libération. C'est à Vallangoujard que nous avons vu arriver les Américains distributeurs de chocolat et de chewing-gum et que nous avons arboré des cocardes tricolores !...

L'école de Chaponval et son logement ont retrouvé des vitres et nous nous y sommes réinstallés malgré les gravats de la réfection des cloisons que nous avons subie après avoir repris possession du logement.

Petite Michèle avait toujours mal à la tête. Refusant de jouer, elle restait sur son petit tabouret blanc et lorsque Claudine voulait la distraire, elle disait : "Non. Assise". Dès que je rentrais elle sautait dans mes bras et y restait tout le temps que je passais à la maison.

.... Le docteur ne voyait rien .... C'était la guerre ... le 10 novembre elle nous quitta.

La suite de la vie à Chaponval, chacun en a le souvenir.

La naissance de Philippe remit la joie dans quatre cœurs meurtris.

Puis ce furent Louveciennes, Sèvres, Saint Germain en Laye, Le Pecq, Malause.

Ces souvenirs là, chacun peut les écrire et chacun a les siens qui ne sont pas tout à fait ceux des autres.

« La suite de la vie à Chaponval, chacun en a le souvenir. » Avoir *le* souvenir. Cette expression banale prend un pouvoir, soudain, et m'interroge. On a *des* souvenirs, des bulles de temps pur qui remontent parfois vers la surface. Quant à tenir le souvenir… Chacun colore à sa manière l'eau sourde du passé, l'éclaire de reflets changeants, insaisissables, rarement partagés.

La vie à Chaponval, chacun en a le souvenir. Chacun… Nous étions cinq : Maman, Papa, Jean-Claude, Simone et moi. La photo un peu raide du photographe de Pontoise nous montre dans l'album souriants et figés dans la maison d'école. La table vernissée de la salle à manger a cette anonyme rigidité des meubles 1950, l'appareil de radio volumineux, bombé, pourrait figurer dans une bande dessinée rétro d'aujourd'hui — une petite lampe couleur verveine du Velay s'allumait, phosphorescente et pâle, pour annoncer les émissions. Papa dans son pull clair en pointe, cheveux sombres ondulés, Maman debout, front dégagé, veste de lainage distinguée, semblent très forts, au début de leur quarantaine. Sur la photo, où est le poids du souvenir, de cette guerre qu'ils ont traversée, de la mort de Michèle ? Cet élan qu'ils reprennent, au-delà des blessures, l'objectif n'en révèle rien. Dans un décor bien propre, ils sont un couple dynamique et ferme. Je les trouve très beaux, mais s'il n'y avait pas tous les mots de Maman, que me dirait cette photo ?

La nuit la plus longue... celle du 10 Mai 1944.

J'ai écrit dans l'une des pages précédentes ... « cette nuit d'épouvante je l'ai souvent racontée. » Je réalise que cette phrase était une fuite. Je dois à mes enfants un récit aussi fidèle que possible, de ce fait de guerre que Jean-Claude et Simone ont vécu, encore petits enfants.

C'était le jour de l'examen des bourses à Pontoise. Papa y avait été convoqué. En cette après midi de printemps, les trois petits étaient dehors, en rentrant de classe j'avais mis à cuire un lapin dans la cocotte en émail rouge. Jacqueline Boucher, notre gentille bonne d'alors était là aussi.

Juste comme Papa venait de rentrer, le vrombissement trop habituel des avions se fit entendre au loin. Il se rapprocha vite et nous aperçûmes les monstres plus bas qu'à l'ordinaire. Papa courut avec Jean-Claude, Simone et Jacqueline vers la carrière en face.

J'arrivai derrière, Michèle dans les bras.
Le lapin resta dans la cocotte où il se carbonisa tranquillement avec l'ustensile.

A peine avais-je posé un pied dans la carrière que la bombe siffla derrière mon dos, faisant ébouler la terre, me projetant en avant. Michèle tomba de mes bras. Je la couchai vite dans le noir.

Les éclats de la bombe avaient jailli à l'intérieur de la cave, blessant Jean-Claude au côté, Jacqueline à une jambe et, beaucoup plus grièvement un passant cycliste qui, nous voyant courir, nous suivit.

La famille Josse qui habitait en face de l'école était entrée la première. Etant déjà au fond de la carrière elle n'eut personne de blessé.

Nous étions donc là 11, dans le noir absolu dans ce local exigu. Chacun chercha les siens à tâtons, à la voix, au toucher... chaque famille se blottit. Jacqueline souffrait et se plaignait. Le cycliste râlait horriblement, nous ne pouvions que l'encourager de la voix.

Puis nous ne l'avons plus entendu. Il était mort. Papa attacha à tâtons le tablier de cuisine autour de la jambe de Jacqueline.

Jean-Claude ne se plaignait pas. Le petit éclat avait dû pénétrer vivement sans déchirer. Je sentais son tricot humide et nourrissais l'espoir que c'était peu de chose.

Au bout d'un bien long moment nous avons entendu des coups de pioches dans la terre. Prenant notre haleine, nous nous sommes mis à crier d'un seul coup, tous à la fois afin qu'on nous repère. Ces coups qui permettaient de rassurer les enfants se rapprochaient, s'éloignaient, revenaient à nouveau jusqu'au moment où ils stoppèrent tout à fait. Le côteau s'éboulait à mesure. Nous avons su plus tard que les équipes officielles de secours avaient abandonné leur recherche, certaines que nous étions morts.

Nous commencions à manquer d'air. Nous pensions au pire. J'ai pris les trois petits bien contre moi et, carressant leur peau, je les endormis, ce fut facile. Nous commencions tous à avoir l'esprit vague.

Je souhaitais follement les sentir se refroidir, avoir la certitude que, mourant avant moi, ils ne crieraient pas "Maman!" seuls dans la nuit.

Les habitants du village creusèrent seuls pour nous sortir le plus tôt possible vivants ou morts. A huit heures du matin ils nous atteignirent.

Revoir le jour! Quelle sensation! On avait disposé de la paille sur le sol de ma classe; on nous y allongea les uns à côté des autres. Je ne sais pas les soins que l'on nous fit. Le docteur d'Auvers, Maxien Saingault, était là.

Quand je repris conscience je saisis Simone et Michèle dans les bras... "Où est Jean-Claude?" — "Ne vous inquiétez pas, on va vous le rendre. Il a une petite blessure et on l'a porté à l'hôpital de Pontoise, mais ce n'est pas grave. » Jacqueline y avait été transportée aussi. Elle est restée, hélas ! une vraie blessée de guerre.

Simone criait : « Je veux pas une maman marron comme ça ! » Mon visage était tout incrusté de la terre projetée par la bombe.

Nous avons vite retrouvé du ressort. Dans la journée nous avons transporté nos lits dans l'immense carrière en face de la halte et nous avons vécu là en bohémiens avec les gens du quartier en attendant que le maire nous abrite plus loin dans une maison réquisitionnée.

Papa et moi allions à tour de rôle voir Jean-Claude par le petit chemin du haut. Plus de trams : le pont et la voie ferrée avaient été coupés cette fois là.

La radiographie avait décelé un éclat gros comme un grain de blé dans le poumon, près de la pointe du cœur. L'enlever aurait fait courir plus de risques que de le laisser nous expliqua le docteur. A la température à à laquelle il avait pénétré, il n'était pas porteur de germes et s'enkisterait sans dommages.

Jean-Claude vit toujours avec ce triste souvenir.

Notre pauvre bonhomme était dans une salle commune avec des hommes âgés. La situation dans cet hôpital me crevait le cœur. Il ne mangeait presque pas. On lui présentait le soir dans la soupe la viande qu'il n'avait pas mangée le matin...

Les pauvres bricoles de distraction que nous lui portions me semblaient bien dérisoires.

Cousine Marcelle, alors institutrice à Cergy lui porta des crayons de couleur et "Les trois papillons roses" un joli livre qui le marqua comme "Dicky le petit rouge-gorge" qu'elle offrit à Simone.

Un jour, n'y tenant plus je dis au médecin que puisqu'on ne lui faisait rien je le reprenais.

Il argua de sa responsabilité sur l'avenir et nous fit signer un papier pour la dégager.

Voilà comment prit fin la nuit la plus longue de notre existence.

Quatre mois plus tard, une nuit plus absolue encore nous ravit Michèle.

Elle avait à la tempe une petite cicatrice, exactement de la même forme que celle de Jean-Claude au côté...

La mémoire est étrange. On lance un souvenir comme un caillou dans l'onde, mais l'étang tout entier vous prend dans son vertige, sa rumeur de silence. Elle avait fini son cahier. Elle avait dit le talent de l'enfance et le bonheur-mélancolie de son adolescence. Elle avait traversé la guerre avec des mots. Mais quelque part comme un remords lui restait cette nuit. Elle y est revenue, et l'écriture est devenue souffrance, elle me l'a dit.

C'est un souvenir noir éclaboussant son âme claire. Le bonheur, c'est d'avoir quelqu'un à perdre ; elle a perdu le bonheur ce jour-là. Rien n'efface rien, quand on a choisi la mémoire, et d'éclaircir sans effacer. Je veux me souvenir très fort de la mort de Michèle, petite sœur que je n'ai pas connue. C'est là que je commence, au cœur de cette nuit si douloureuse, c'est là que mes racines de mémoire commencent à chercher la lumière, en gardant le chagrin. Maman en a fini de son bonheur ; elle prépare déjà le mien. Nous sommes cinq sur la photo de Chaponval, et nous sommes encore cinq, avec auprès de nous d'autres que nous aimons, et des enfants, et des enfances. Le temps nous manquera toujours pour saluer la chance, mais nous marchons ensemble doucement sur les chemins de Brétounel — pas assez doucement : Elle s'attarde et nous regarde d'un peu loin, d'un regard qui ne pèse rien. Comme la vallée reste blonde, le jour léger dans sa lumière, comme c'est bon qu'il ne soit pas trop tard.

DU MÊME AUTEUR

Aux Éditions Gallimard

LA PREMIÈRE GORGÉE DE BIÈRE ET AUTRES PLAISIRS MINUSCULES (prix Grandgousier 1997), (collection L'Arpenteur).

LA SIESTE ASSASSINÉE (collection L'Arpenteur ; Folio n° 4212).

LA BULLE DE TIEPOLO (collection Blanche).

DICKENS, BARBE À PAPA ET AUTRES NOURRITURES DÉLECTABLES (collection L'Arpenteur).

Gallimard Jeunesse

ELLE S'APPELAIT MARINE (Folio junior, n° 901). Illustrations in-texte de Martine Delerm. Couverture illustrée par Georges Lemoine.

EN PLEINE LUCARNE (Folio junior, n° 1215). Illustrations de Jean-Claude Götting.

Dans la collection Écoutez lire

LA PREMIÈRE GORGÉE DE BIÈRE ET AUTRES PLAISIRS MINUSCULES (2 CD)

DICKENS, BARBE À PAPA ET NOURRITURES DÉLECTABLES (1 CD)

Aux Éditions du Mercure de France

IL AVAIT PLU TOUT LE DIMANCHE (Folio n° 3309)

MONSIEUR SPITZWEIG S'ÉCHAPPE (Petit Mercure)

Aux Éditions du Rocher

ENREGISTREMENTS PIRATES.

LA CINQUIÈME SAISON (Folio, n° 3826).

UN ÉTÉ POUR MÉMOIRE (Folio n° 4132).

LE BONHEUR. TABLEAUX ET BAVARDAGES.

LE BUVEUR DE TEMPS (Folio n° 4073).

LE MIROIR DE MA MÈRE, en collaboration avec Marthe Delerm (Folio n° 4246)

AUTUMN (prix Alain-Fournier 1990), (Folio n° 3166).

LES AMOUREUX DE L'HÔTEL DE VILLE (Folio n° 3976).

MISTER MOUSE OU LA MÉTAPHYSIQUE DU TERRIER (Folio n° 3470).

L'ENVOL.

SUNDBORN OU LES JOURS DE LUMIÈRE (prix des Libraires 1997 et prix national des Bibliothécaires 1997), (Folio n° 3041).

PANIER DE FRUITS.

LE PORTIQUE (Folio n° 3761).

Aux Éditions Milan

C'EST BIEN.

C'EST TOUJOURS BIEN.

Aux Éditions Stock

LES CHEMINS NOUS INVENTENT.

Aux Éditions Champ Vallon

ROUEN (collection « Des villes »).

Aux Éditions Flohic

INTÉRIEUR (collection « Musées secrets »).

Aux Éditions Magnard Jeunesse

SORTILÈGE AU MUSÉUM.

LA MALÉDICTION DES RUINES.

LES GLACES DU CHIMBAROZO.

Aux Éditions Fayard

PARIS L'INSTANT.

Aux Éditions du Seuil

FRAGILES. Aquarelles de Martine Delerm.

Aux Éditions du Serpent à Plumes

QUIPROQUO (Motifs n° 223).

132128

Composition Nord Compo
Impression Novoprint
à Barcelone, le 10 août 2005
Dépôt légal : août 2005

ISBN 2-07-030510-4./Imprimé en Espagne.